Barbara Kaluza

Philosopher's Diary

Das Tagebuch eines Prominenten

AF211084

1

Barbara Kaluza

Philosopher's Diary

Tagebuch eines Prominenten

Roman

Für den Philosophen

Philosophie fängt dort an,
wo das Alltägliche wunderlich wird

Philosophie hört dort auf,
wo man alle Fragen beantwortet findet

Bodenlos

Als ich geboren wurde, da schien die Welt noch in Ordnung zu sein. Meine Mutter hatte mich in einer stürmischen Nacht zur Welt gebracht, in einem kleinen Wagen außerhalb der Stadt. Mein Vater erzählt mir heute noch davon, wie er zur Hilfe kommen musste, weil ich bei der Geburt falsch gelegen hatte und somit nicht den Weg nach draußen in die Welt alleine gehen konnte. Es war am gewittern, der Regen war die Scheibe herab gelaufen. Heute sagen mir viele Menschen, der Himmel hätte damals Tränen fallen gelassen, weil er seinen schönsten Stern in dieser Nacht verlor. Ich weiß nicht, wie ich darüber denken soll. Gerne hätte ich es geglaubt, aber ich war doch ein kleines Baby. Wie konnte jemals jemand ahnen, was aus mir werden würde.

Wie oft schon habe ich mir den Tag meiner Geburt vorgestellt. Und manchmal schien es, als könnte ich mich wirklich noch daran erinnern:

Ich sehe mich in einer dunklen Nacht. Umgeben von kleinen Lichtern, die wie fallende Sterne mir den Weg zeigen wollen. Doch wo bin ich? Ich stehe mittendrin. Und warte darauf, dass etwas kommt. Etwas, was mir helfen könnte alles zu verstehen. Warum werden Menschen geboren, wenn es doch so schön sein soll, wo wir alle herkommen. Und warum werden wir alle dieser Prüfung ausgesetzt, wenn es doch nur wieder eines Tages zurück an den Ort gehen sollte, wo wir alle herkommen. War es wirklich nur eine Prüfung, in der wir uns bewähren sollten?

Und meine Prüfung schien am aller schwersten. Ich habe keinerlei Vergleichsmöglichkeiten. Ich kann nicht sagen, wie es gelaufen wäre, wenn ich in eine andere Familie hinein geboren wäre, oder vielleicht auch einfach nur unter anderen Umständen. Vielleicht ist alles auch voraus bestimmt gewesen und es liegt nur an meinem ICH... an mir als Person, die mich wirklich ausmacht und die ich immer sein wollte. Wollte ich das? Wollte ich mein Leben lang hier wohnen und meine Kindheit einem Ziel opfern, dass ich schon lange erreicht habe, mich aber dennoch nie vollkommen zufrieden gestellt hat? Wer kann mir das sagen?

Lieber Leser, ich denke, ich muss sie erst einmal aufklären. Vielleicht kennen sie mich gar nicht. Vielleicht werden sie mir auch nicht glauben. Oder sie werden denken, es sind nur die verwirrenden Notizen eines jungen Mannes, der gerade 20 Jahre alt geworden ist und an einem Punkt angelangt, wo man sich selber neu entdecken muss. Aber bei mir gibt es nichts mehr zu entdecken. Meine Persönlichkeit steht seit Jahren fest. Ich kann mich verändern, aber dennoch nicht das Bild, das andere von mir haben. Es ist zu tief, viel zu festgefroren in den Köpfen der Menschen, die mich so sehen, wie sie mich sehen wollen. Wie ich mich ihnen zeige, und wie ich mich geben möchte. Denn die Reaktionen der Anderen ist nur ein Spiegel seiner Selbst. Und jeder gibt sich doch von der besten Seite. Erst recht jemand, den die Welt zu sehen bekommt.

Sie werden mich also kennen. Da bin ich mir sicher. Und sie werden genauso ein Bild von mir haben, wie ich es ihnen zum ausmalen gebe.

Ein kleiner Junge, der lachen, singen und spielen kann. Liebe? Nein, ich liebe meine Musik. Freundin? Nein, hatte ich noch nie. Ich bleibe der Musik treu. Familie? Unterstützt mich. Fans? Meine besten Freunde, ich liebe sie und bin dankbar dafür, dass sie mich erst soweit gebracht haben. So weit, dass ich manchmal gar nicht mehr weiter weiß. Ich stehe am Abgrund, und kann dennoch keinen Schritt mehr weiter. Ich versinke im Meer und kann dennoch den Schwimmring nicht abnehmen...

Bin einfach Bodenlos, ohne eine Begründung und ohne Halt.

So muss es sein. So muss es stehen, das perfekte Bild. Alles Lüge? Nein, auch das kann ich nicht behaupten. Ich kann es nicht in Worte fassen. So viele Lieder habe ich geschrieben. Was sie sagen? Hören sie es sich an, und sie werden es wissen. Doch was kennen sie dann von mir? Was wissen sie davon, wie ich morgens aufstehe und mir die Zähne putze... was wissen sie davon, wie ich reagiere, wenn mir mal wieder jemand seine Liebe gesteht? Garnichts wissen sie, und ich werde mich hüten, ihnen etwas zu sagen... denn das Bild bleibt bestehen.

Ich bin jetzt 20 Jahre alt, fühle mich wie ein alter Mann, der alles gesehen und gehört hat. Ich habe so viel erlebt, war überall auf der Welt, habe Millionen verdient und stand in allen Zeitungen. Und dennoch längst nicht genug... wo bleibt meine Befriedigung?

Was ist das nächste Ziel, dass ich erreichen möchte?

Wenn ich Zeit hätte, es heraus zu finde, dann würde ich es tun. Ich würde einmal tief in mich gehen, mir alle Zeit der Welt nehmen und einen kleinen Gedanken an mich selber verschwenden. Doch wo ist die Zeit? Und was wird aus dem perfekten Bild, wenn ich es in mir selbst zerstören werde...

Sie wollen mich kennen lernen? Sie wollen wissen, wie, und vor allem wer, ich bin? Gut, finden sie es heraus, aber fragen sie nicht mich. Ich weiß es nicht!

Fragen sie die kleine Nina, und die kleine Gritt... fragen sie all die Mädchen vor meiner Haustür. Fragen sie all die Mädchen, die mich verfolgen, beobachten und nahezu studiert haben. Sie wissen es, sie kennen mich. Sie können es ihnen erklären. Sie werden vielleicht sagen: „Er ist ein lustiger Kerl, er ist offen und herzlich." Oder sie werden ihnen sagen: „Er ist sehr traurig. Kommt mit allem nicht klar, verschließt sich oft, ist ein Denker und Romantiker."

Aber es ist ganz egal was sie sagen werden, sie wissen es besser.

Vielleicht sollte ich wirklich selber hingehen und fragen, wer ich eigentlich bin. Vielleicht werden sie es irgendwann einsehen...

Vielleicht, wenn ich ihr Bild zerstöre, mich nicht mehr so gebe, wie sie es gerne hätten. Aber wahrscheinlich werden sie sich dann auch nur ein neues Bild beschaffen, und mich weiterhin analysieren.

Also frage ich euch: Wer bin ich?

Gut, ich bin Fabio. Aber wer ist Fabio? Ist es der Mann, der mich im Spiegel anschaut? Oder ist es der Mann, der sich selber nicht versteht, nicht weiß, wie er zu all dem stehen soll. Nicht weiß, wieso er all dem nicht einfach ein Ende setzt... wo ihn doch angeblich alles so fertig macht?!

Findet es heraus, ihr kennt mich ja alle so gut!

Oder etwas nicht?

8

Kopflos

Wissen sie, was mir letztens passiert ist? Natürlich
nicht, also lassen sie es mich erzählen:
Ich stand in einem Supermarkt. Es war nicht hier,
nicht an einem Ort, wo man mich kennt, sondern an
einem Fleck auf der Erde, wo man mich noch
unvoreingenommen und manchmal auch
dementsprechend taktlos ansieht. Um plötzlich stand
diese alte Frau vor mir. Sie hatte weißes Haar und
ging leicht gebeugt. Und dennoch kam sie geradewegs
auf mich zu, nahm mein Kinn zwischen die Hände
und sah mir tief in die Augen. Ihre Worte werde ich
niemals vergessen:
„Ich habe noch nie so wertvolle Augen gesehen."
Oh mein Gott, was habe ich für eine Angst gehabt, ich
riss mich los, und rannte davon. Ich rannte kopflos
aus dem Laden und beruhigte mich erst wieder, als
ich im Hotel war.
Was hatte sie gemeint? Und wieso hatte ich solch eine
Angst? Wertvolle Augen... wertvoll, im Sinne von
kostbar? Im Sinne von ... in Geld umsetzbar? Was
hatte sie bloß gemeint? Klar waren meine Augen
wertvoll. Alles war wertvoll an mir, und wenn es ein
Stück Scheiße war. Es würden sich genug Menschen
finden lassen, die einen Heiden Batzen Geld dafür
zahlen würden, ganz egal, ob man mich in Stücke
reißen oder gar zerstören müsste.
Und da würden meine Augen sicher einen guten Preis
erzielen.
Aber irgendetwas sagt mir, dass die alte Frau es nicht
so meinte.

Was ist überhaupt die Sache, die mich ausmacht. Wofür werde ich geliebt? Habe wirklich solch ein Talent, solch eine schöne Stimme oder sehe ich wirklich einfach nur so süß aus? Und werde ich immer noch so geliebt werden, wenn die Mode vergeht, andere Dinge und Menschen gefragt sind und ich vielleicht auch irgendwann älter werde...

Ich hatte eine recht harte Kindheit. Meine Mutter starb, als ich gerade mal 3 Jahre alt war und mein Vater hatte mich und meinen Bruder oft einander ausgesetzt, das zutun, was wir tun sollten. Für ein kleines Kind ist es etwas anderes. Ich konnte nicht sagen, ich will das nicht. Denn was wollte ich schon? Was weiß ich Kind von dem, was gut für es ist. Es war einfach so, eine Tatsache, die ich nicht anders kannte und wo ich niemals daran gedacht hätte, es ändern zu wollen. Erst viel später begann alles, außer Kontrolle zu geraten, und ich fing an, mir Gedanken zu machen. Was sollte ich denken? Ich hätte vielleicht die Möglichkeit jetzt alles zu beenden, doch was bleibt mir dann? Ich sage ihnen die Wahrheit... und denken sie daran, wahre Worte sind niemals schön. Und schöne Worte sind niemals wahr! Stellen sie mir ein paar Fragen...

Warum ich nicht aufhöre?
Nun gut, es gibt viele Gründe... bitte fragen sie anders.

Ist es wirklich die Liebe zur Musik?
Oh ja, das ist es. Ich liebe meine Musik, doch ich liebe es vielleicht nicht, sie mit hirnlosen, und kopflosen Menschen zu teilen.

Warum ich dennoch Konzerte gebe?
Weil es einfach mein Job ist.

Reine Geldgier?
Diese Frage könnte ich auch an sie stellen. Nennen sie mir einen Menschen, der nicht Geld verdienen will. Das müssen wir doch alle. Und da ich nun mal Musiker bin, schöpfe ich daraus auch alle Möglichkeiten, die mir Geld einbringen. Welcher normale Mensch würde das nicht tun? Ich bin nicht Mutter Theresa!

Wie ich zu den Fans stehe?
Ich sagte ihnen bereits schon einmal vor einiger Zeit, dass sie meine besten Freunde sind. Viele sind einfach nur Mittel zum Zweck. Ich bringe ihnen Zufriedenheit mit meiner Musik und einem Lächeln und sie bringen mir das Gefühl, wirklich etwas erreicht zu haben, Geld zu verdienen und stets *on the top* zu sein.

Ist das alles verboten? Bin ich deswegen ein schlechter Mensch, weil ich einfach nur menschlich bin? Und auch ich habe meine Fehler, Sehnsüchte und muss viele Erkenntnisse machen, die vielleicht falsch, vielleicht aber auch richtig sind. Also lassen sie mir die Zeit, mich selbst zu erkennen und mir meine Fehler einzugestehen.

Lautlos

Manchmal stehe ich vor dem Spiegel und denke „Das bin ich nicht." Ich bin nicht der Typ, der mich dort anschaut und lacht. Denn ich weine. Aber selbst ich scheine es nicht zu bemerken, denn ich übe die Lacher, die die Kamera sehen will. Die sie sehen wollen. Lachen ist mein Beruf, es ist eine Pflicht, der ich nachkommen muss wenn ich nicht absinken will. Wenn ich nicht sterben will als jemand, den es nie gegeben hat. Manchmal sagt mein Bruder, ich wäre unerschütterlich, ich wäre ausdauernd und anhaltend. Ich wäre wie ein Fels in der Brandung, jemand, der alles zusammenhält. Aber er vergisst dabei, dass ich mich selbst verliere. In einer Rolle, die einem Schauspieler gleich kommt. Einem Künstler, der nur damit beschäftigt ist, sich als jemand anderen auszugeben, als er ist. Und dann stelle ich mich wieder vor der Spiegel und versuche mir klar zu machen, wer ich bin. Fabio! Fabio!, sage ich mir dann immer wieder vor. Und es ist immer, als würde es jemand anderes sagen.

Meistens vergesse ich diese Gedanken dann, wenn es wirklich darauf ankommt. Wenn ich auf der Bühne stehe vergesse ich zu denken, wie ich sein soll. Ich werde zu einer Maschine, die ihren Job macht. Es ist, als würde ich am Fließband stehen und die Arbeit verrichten, die von mir verlangt wird. Ich versuche dann nicht, mich aufzurichten und den Leuten zu sagen, was mir gerade in den Sinn kommt, weil ich viel zu beschäftigt bin um überhaupt irgendetwas in meinen Sinn kommen zu lassen. Manchmal vergesse ich sogar darüber nachzudenken, ob das was ich tue, wirklich richtig war. Ich werde erst wieder in selbst, wenn ich in meinem Zimmer sitze und dort anfange, meine Freizeit zu gestalten. Ich bin Freizeit nicht gewohnt, weil sie so rar ist. Ständig beneide ich die Menschen, die einkaufen gehen oder ein Buch lesen können. Und wenn ich einmal die Zeit dafür hätte, dann langweile ich mich dermaßen und denke, wie schön es doch jetzt wäre auf der Bühne zu stehen und Musik zu machen. Ich weiß nichts mit mir anzufangen, wenn mir nicht vorgeschrieben wird, was ich zutun habe, denn ich bin es nicht anders gewohnt.

Wenn ich darüber nachdenke, dann stimmt mich dies sehr traurig und ich denke, man müsste mir einmal die Möglichkeit geben, mein Leben so zu gestalten, wie ich es gerne hätte. Mich würde wirklich interessieren, welchen Beruf ich wählen würde, mit welchen Leuten ich abhängen würde und was ich am liebsten täte, wenn ich allein bin. All das werde ich nie erfahren, denn mein Leben war schon lange nicht mehr mein Leben, als ich überhaupt anfing zu leben. Mein Leben wird bestimmt von einer Gesellschaft, die aus mir einen Menschen formen will, der ihren Wünschen entspricht, der stets bereit steht, um zu ihrer Unterhaltung beizutragen und das gibt, was er zu geben hat. Mir bleibt nichts anderes übrig, als ihnen den Gefallen zutun und mitzumachen. Wer wäre ich schon, wenn ich selbst das verlieren würde, was mir andere zuschoben, ohne selbst etwas zu haben? Ich würde in einer Ecke sitzen und ein Niemand sein. Noch nicht einmal ein Jemand. Ich würde keinen Ton mehr von mir geben, weil Töne mit meinem Leben derzeitig sehr viel zutun haben. Ich würde dasitzen und darüber nachdenken, was ich jetzt machen sollte. Ich würde still dasitzen und daran denken, was ich alles verloren hatte. Es ist so wirr, dass mir ganz schwindelig wird, wenn ich nur daran denke. Wünscht man sich immer das, was man nicht hat? Wenn das Wörtchen wenn nicht wär', dann wär' das Leben nur halb so schwer. Das habe ich mal irgendwo gelesen und es stimmt schon, glaube ich. Ständig fragt man nach dem wie und warum. Und weshalb und sowieso. Dabei will ich doch nur dabei sein, wenn ich mich selbst wieder finde und dabei sein, wenn ich sagen kann, ich bin ich und niemand sonst. Und wenn ich begründen kann, was und warum ich das alles tue. Aber ich habe das Gefühl, als würde die Person, die auf der Bühne steht, niemals mit mir Frieden schließen und als könnte ich niemals zugeben wollen, dass es ein Teil von mir ist.

Ich denke, ich wiederspreche mich in jedem Satz mindestens drei Mal, und es wundert mich selbst. Ich weiß nicht, wie ich denken muss, um all dies zu vereinen und an meiner Meinung festzuhalten. Ich weiß nicht wie ich denken muss, um durchzusetzen was ich wirklich will, um festzustellen, was mein Wesen verlangt, um wirklich glücklich zu werden. Vielleicht sollte ich einfach mal den Mund halten, meine Gedanken stoppen und mich wieder an das setzen, was wirklich wichtig für mein Leben ist: Die Musik.

Anstandslos

Ich fange an zu beten... Habe die letzten Tage die Bibel studiert, habe gelesen und mir meine Gedanken dazu gemacht. Was auch immer mit all den Wiedersprüchen gemeint sein sollte, so kann man doch nicht wirklich leben. Oder doch? Also las ich... ich las jedes Wort, tagelang, aber ich habe nichts verstanden. Sollte ich mir wirklich von der Kirche helfen lassen? Meine Familie ist sehr katholisch, meinem Vater war es immer wichtig, dass wir wussten, woran wir uns halten und woran wir glauben sollten. Aber wie sollte ich denn ein Opfer nach dem anderen bringen, warum mich dauernd rein waschen und warum auf Knien rumrutschen und nur beten und danken... Das konnte doch nicht das Leben sein. Das konnte das Leben doch nicht so lebenswert machen, wie alle immer sagten.

Oder sollte ich all die Sünden begehen und vor Demut nicht mehr geradeaus sehen können? Wie wäre es denn, Sex vor der Ehe, ein uneheliches Kind, eine Lüge nach der anderen, die ich den Menschen vorsetze.

Ich bin doch auch nur ein Mensch. Und vor allem bin ich ein junger Mann, der auch Triebe und Wünsche hat. Machen es die Tiere denn nicht auch? Bin ich ein solches wildes Tier, das in mir wächst und meine Sehnsüchte nach Befriedigung suchen lässt?

Ohne Anstand an die Sache heran zu gehen, war es das nicht, was einen spontan und fei machte? Und war es nicht die Bibel, die einem sagte, man solle auf das Innere hören und seinen nächsten lieben?

Wenn die Kirche mir nicht helfen würde, wer dann?

Und wenn es doch einen Gott gab, wie konnte er zulassen, dass einem kleinen Kind eine derartig wichtige Person genommen wurde... die eigene Mutter!

Ich war viel zu klein, um es zu verstehen. Ich erinnere mich, wie sie mich in den Arm genommen hatte und sagte, sie würde wohl bald auf eine kleine Reise gehen. Und irgendwann würde ich zu ihr kommen und sie wieder sehen. Ich glaubte ihr, und ich hatte keine Angst. Aber hatte sie mich angelogen? Warum hatte sie nicht gesagt, sie würde für immer gehen, und mich allein mit meinem Bruder zurück lassen.

Das war eine harte Zeit. Mein Vater sagte, es wäre für ihn sehr schwer. Er hatte noch alle Erinnerungen und wussten, warum sie gehen musste. Mein jüngerer Bruder sagte, es wäre für ihn besonders schwer, da er unsere Mutter nicht kannte. Was bleibt einem kleinen Kind, das keinerlei Erinnerung an die Frau hat, die es getragen und geboren hatte.

Und mittendrin war ich!

Aber seht mich an, für mich ist es auch schwer. Ich weiß noch, wie sie war, ich erinnere mich an ihre Wärme, ihren Duft und ich sehe sie oft vor mir.

Als ich anfing, über sie nachzudenken, war es anfangs nur Wut und Hass. Wie konnte sie es nur wagen, einfach fortzugehen. Ihre Kinder einfach dort zulassen, der Jüngste gerade mal ein Jahr alt. Und niemand wusste mehr, wie es weiter gehen sollte. Oh wie ich meine Mutter hasste!

Ohne Anstand zerschlug ich Geschirr und Fenster, schloss mich dann wieder ein um meine Wut zu sammeln und begann dann, einfach wieder weiter zu spielen.

Und jetzt? Jetzt würde ich niemals auch nur noch einen schlechten Gedanken gegen meine Mutter verschwenden. Und wenn einer das tun sollte, dann würde ihn meine Reaktion schon Vernunft lehren. Der Hass ist mehr auf mich gewandert, mehr zu meiner Selbst geworden und lässt mich manchmal Dinge tun, die ich niemals wollte...

Doch viel zu viel geht einfach an mir vorbei. Ich glaube, ich kann einfach niemals sagen, dass ich eine absolute Befriedigung all meiner Fragen finden werde, niemals eine Antwort bekomme. Denn wer sollte mir die bringen?

Was sagt denn die Wissenschaft?

Sie sagen, da war mal ein Urknall. Irgendein riesiges Ding, das einfach über uns explodiert ist und danach ganz geordnet Wasserstoff, Luft, kleine Tiere und zu guter Letzt sogar Menschen entstanden sind. Wir kommen und gehen, doch wo ist der Sinn?

Warum soll ich mich mein Leben lang quälen, den Menschen ein Lachen zeigen und mich verstellen, wenn ich eh eines Tages gehen werde und dann alles umsonst war. Was würde dann von mir bleiben? Etwa das, was meiner Mutter geblieben ist? Ein kleines wütendes Kind, dass sie so hasst, weil sie sterben musste? Oh wie ich mich selbst deswegen nun verdamme... mich in die Hölle schicke und das Gefühl habe, niemals etwas wieder gut machen zu können.

Doch bin ich nicht gut? Mache ich meinen Job nicht perfekt genug? Wie oft sagte mir mein Vater, ich müsse besser werden. Und wie oft sagte er mir, ich müsse härter an meinen Job rangehen. Doch alles was ich ernte, ist nur Lob und dank. Für die Außenwelt bin ich ein Genie. Ein wahres Wunderkind, das niemals auch nur einen Fehler machen kann. Oh wie gut kann mein Vater es vertuschen. Und wie gut kann ich anstandslos durch die Welt ziehen und ohne jemals auch nur einen Schimmer von Schuld auf mich sitzen zu lassen.

Trostlos

(Zwei Jahre später)
Oh wie lange habe ich mich nicht mehr gemeldet.
Ganze zwei Jahre ist es jetzt her, dass ich mich zuletzt
an sie gerichtet habe. Und ich werde ihnen mit
Sicherheit genügend Gründe geben, mir dieses nicht
übel zu nehmen. Denn es war eine harte Zeit. Als ich
das letzte Mal etwas notiert hatte, da wussten sie
schon, in welcher demütigenden Situation ich mich
damals befand. Und wie schwer es für mich war,
selber damit umzugehen und das Richtige zutun. Und
genauso wird es wohl auch weiter gehen. Ich habe
sehr viel gelernt in letzter Zeit, aber ich denke, es sind
beiweiten noch viel mehr Fragen aufgekommen.
Wollen sie wissen, wie es mir ergangen ist? Wollen
sie wirklich hören, was ich denke, und womit ich
mich beschäftige? Dann lassen sie mich anfangen...
Als ich damals, vor fast zwei Jahren mit den Notizen
begonnen hatte, hätte ich niemals gedacht, was es mir
selber bringen würde. Wie oft habe ich meine eigenen
Worte gelesen und versucht, einen Sinn zu verstehen.
Welch verwirrenden Worte waren es doch, und ich
versuchte, es als eine Art Außenstehender zu
betrachten. Was würden sie denken, wenn unter all
den Aufzeichnungen nun ein gewöhnlicher Name
stehen würde... vielleicht ein Harald Müller oder eine
Gieslinde Schmidt. Würden sie es trotzdem so genau
lesen und über die Worte nachdenken? Nun ja, ich
kann meinen Namen nicht ablegen, und somit werde
ich auch weiterhin mit *Fabio* unterzeichnen. Ach
welch ein aussichtsloser Kampf es doch ist. Niemals
werde ich wissen, wie ein anderer Mensch denkt und
was er fühlt, und so wie es aussieht, werde ich mich

selber auch niemals richtig verstehen können. Kenne sie das Gefühl, wenn einem all zu viel abverlangt wird? Ich habe mich mein Leben lang so sehr bemüht, alles gut zu machen, mir selbst treu zu bleiben und immerzu auf ein Ziel zuzusteuern. Und siehe da, ich habe es geschafft. Aber wie? Und wo war mein Ziel? War es mein Ziel, reich zu werden, berühmt zu werden? Mein Ziel war es doch immer nur, Menschen glücklich zu machen und ihnen ein Stück von meiner Kunst mitzuteilen. Und jetzt sind sie alle glücklich, nur ich nicht...

Oder bin ich es vielleicht doch? Natürlich bin ich stolz auf mich und meinen Bruder. Und auf das, was wir erreicht haben. In den letzten Jahren ist sehr viel geschehen. Ich könnte ihnen einen kleinen Ablauf der vergangenen Zeit schildern, welche ach so tollen Preise ich in der Zeit wieder gewonnen habe, welch grandiosen Konzerte ich gegeben und welch wunderbaren Orte ich gesehen habe. Doch das können sie überall lesen.

Und ich bin doch Künstler. Ein Maler malt doch, um den Menschen seine Bilder zu zeigen. Er drückt damit etwas aus, etwas, was ihn selber sehr beschäftigt. Und all seine Gefühle fließen in einem Bild zusammen. Ein Regisseur setzt all seine Kraft in einen Film. Lässt die wundervolle Energie auf seine Schauspieler überspringen und bringt ihr Talent der Welt offen dar. Und ein Schriftsteller, der schreibt doch, um sich der Welt mitzuteilen. Er fängt an, etwas zu schreiben, was ihm wirklich auf der Seele brennt, und was unverhofen für andere festgehalten werden muss. Denn nur was in unseren Köpfen passiert, kann wirklich irgendwann mal den Weg des Unbestimmten gehen.

Doch was macht ein Musiker? Bin ich überhaupt Musiker? Oder bin ich Entertainer? Bin ich vielleicht Schriftsteller, schreibe Lieder und, wie man sieht, auch philosophische Texte? Oder bin ich einfach nur Multimillionär, der nichts besseres zutun hat als mehr oder weniger gut auf einer Gitarre rumzuklimpern und in ein Mikro zu trällern? Bin ich vielleicht ein Weiberheld, dem alle Mädchenherzen zu Füssen liegen? Oder bin ich am Ende gar ein Niemand, im Grunde arbeitslos und habe eben nur verdammtes Glück gehabt?

Das Glück ist doch immer mit den Doofen. Heißt es nicht so? Ja, wahrscheinlich habe ich einfach nur verdammtes Glück gehabt. Doch heißt Glück haben, nicht auch glücklich sein? Bin ich das? Hat mich danach jemals einer gefragt? Und wenn mich einer fragte, sagt man nicht schon anstandshalber, dass es einem gut ginge? Und wenn es mir schlecht geht, dann würden sich nicht nur Verwandte und Freunde Sorgen machen, sondern auch Menschen, die ich gar nicht kannte. Ja, die halbe Welt würde meinetwegen Kopf stehen und ich würde überhäuft werden von Geschenken und Wünschen, die sich andere meinetwegen mit größter Sorgfalt auszurechnen versuchten. War das wirklich nötig?

Wie sie sehen, hat sich nicht viel verändert, in den letzten beiden Jahren, obwohl sich doch so einiges getan hatte. Fragte man Media-Control, dann war ich längst nicht mehr soweit oben, wie ich es noch vor zwei Jahren war. Aber fragte man all die Mädchen vor meiner Haustür, dann schien sich nichts geändert zu haben. Noch immer stehen sie dort und gaffen mir nach, als wäre ich gerade aus einem Film entsprungen. Und wozu?

Bin ich der Grund ihres Daseins? Wie können sie einen Menschen so vergöttern, der doch auch sterblich ist und seiner Meinung nach längst nicht perfekt. Oh, wie lange ich schon nach einer solchen Antwort suche, ich werde sie wohl nicht finden.

Und ich sitze trostlos da und finde keine Antwort.

Hilflos

Helft mir doch, oh bitte helft mir doch!
Was geschehen ist? Ich weiß es nicht, wenn ich es
doch nur wüsste. Welch ein Verbrechen habe ich
begangen, welch eine Schuld auf mich genommen
und dennoch bin ich ach so unschuldig wie niemand
sonst. Niemand würde mir etwas übel nehmen, und
wenn es Rufmord einer Person wäre. Nichts, rein gar
nichts konnte so schlimm sein. Und doch störte sich
niemand daran. Was habe ich nur getan? Wie konnte
ich etwas derartiges tun und mich selber verraten,
mich selbst der Wahrheit zu stellen, wo doch nichts
schwerer ist, als die pure Wahrheit..
Oh bitte helfen sie mir doch, lassen sie es mich
erklären, geben sie mir die Chance, alles wieder gut
zu machen, mein eigenes Gewissen zu beruhigen und
selber wieder klar denken zu können...
Danke für die Chance!!!!
Welch ein unverholfenes Glücksgefühl, wie nach
einer Beichte, in der man von allem losgesprochen
wird. Soll das so sein? Ist es rechtens, alles vergeben
zu lassen und dann die vergangenen Sünden zu
vergessen und verdrängen? Ist es nicht wie eine Art
Flucht vor einem selbst? Doch welche Schandtat kann
so groß sein, dass man sich selber verurteilt. Und
wenn man es nicht selber tut, wer dann? Ist man sich
nicht selbst der größte Richter? Und hat man mit sich
selbst nicht genug Probleme, als dass man sich noch
um andere kümmern muss? Oh wie bin ich
egoistisch... Oder bin ich nur menschlich? Spreche ich
nicht viele Dinge aus, die andere denken? Doch
warum gerade ich? Wo es doch für niemanden

schwerer ist, die Wahrheit zu sagen, als für mich und wo doch niemand sich mehr vor dem fürchtet, als ich es jemals getan habe. Welch ein hilfloser Kampf, welche eine Suche des Unbestimmten kämpft in mir. Bin ich nicht auch ein kleiner Mensch, der nicht weiß, wonach er sucht? Wonach suche ich? Wen kann ich fragen. Es gibt doch so viele schlaue Menschen, viel schlauer als ich. Die waren doch schon auf dem Mond, und haben so viel erforscht. Und dennoch kann mir keiner eine Antwort geben? Suche ich denn nach so einer unerforschten Sache? Oder bin ich einfach wirklich nur so ein kleiner dummer Junge, der keine Ahnung vom Leben hat? Ich will doch auch nur verstanden werden, vor allem von mir selbst. Das ist doch nicht zu viel verlangt, oder gar doch?

Nun stehe ich da, fühle mich wieder wie ein kleiner Junge, der nach den Armen seiner Mutter schreit und auch das wird nicht erhört. Meine Tränen fließen in langen Strömen zu einem Fluss zusammen, ich sehe mich um und finde mich nicht mehr wieder. Wo bin ich geblieben?

Ich sehe aus dem Fenster, und dort stehe ich. Ich stehe unten, unterhalte mich mit Fans, lache, lasse mich fotografieren, nehme sie in die Arme und lass sie skrupellos an meinem Hemd reißen. Und warum? Warum lass ich mich so feiern? Ich stehe immer noch am Fenster, beobachte das Geschehen unten auf dem Weg und bin immer noch ungläubig.

Wer ist bloß dieser junge Mann, der dort Autogramme verteilt? Er sieht so fröhlich aus, glücklich uns stolz. Und doch gleich er meinem Spiegelbild. Ist es der Mann, der Konzerte gibt, eine gute Show abzieht und sich selbst belügen kann? Aber das bin doch nicht ich, oder? Ich stehe doch hier oben und verachte diesen

24

Mann, verachte, was er tut und traue meinen Augen nicht. Aber glücklich scheint er wirklich. Viel glücklicher als ich. Das ist doch nur sein Job... so gut, dass selbst ich es glauben würde.

Hilflos? Ja, das bin ich. Stehe am Fenster und kann mir selbst nicht helfen. Kann mich niemals von den gaffenden Mädchen wegholen, kann mich ihnen nicht entreißen und ihnen niemals aus dem Weg gehen. Sie sind überall!

Schlaflos

Letzte Nacht lag ich wach und versuchte mir einen schönen Traum auszudenken. Ich habe mir dann vorgestellt ich würde durchs Weltall fliegen und nach einem Planeten suchen, der mein neues Zuhause wird. Schließlich habe mich dann auf einem sehr kleinen Planeten nieder gelassen, der über und über mit Blumen bedeckt war. Ich musste unweigerlich an den kleinen Prinzen denken, der auch auf einem kleinen Planeten wohnte und im All auf die merkwürdigsten Leute traf. Würde er dann auch zu mir reisen und sich wundern, was dieser verrückte Musiker dort tat? Wahrscheinlich würde er mich genauso verwundert anschauen, wie den einsamen König und nicht verstehen, warum ich mir so viele Fragen stelle. Besteht dieses Leben denn nur aus Fragen? Ist es allgemein so, oder kommt mir nur mein Leben so ungewiss vor, dass ich sterben würde, nur um ein paar Fragen beantwortet zu bekommen. Wahrscheinlich sollte es so sein. Gott hat den Menschen einen Kopf zum Denken gegeben, damit sie sich ihr ganzes Leben lang Fragen stellen konnten und nach Antworten suchen konnten, damit ihnen nicht langweilig wurde. Und wenn man dann starb, bekam man vor Gericht ein paar Antworten geliefert, wo man sich denkt, dass es gut war, dass man sie zu Lebzeiten nicht erfahren hatte. Aber wenn ich nun nicht bekannt in dieser Welt wäre, und nicht in den Zeitungen stehen wäre und nicht das Gesprächsthema von Millionen von pubertierenden Mädchen wäre, würden dann in meinem Kopf weniger Fragen schwirren, oder würde ich dann mehr wissen? Oder würde ich am Ende nur ein wenig andere Fragen stellen? Würde ich dann wissen wollen, wie es wäre jemand für die Welt wichtiges zu sein? Würde ich dann danach streben, berühmt zu werden und in aller Munde zu sein. Es gab so viele Menschen, die sich nichts sehnlicher wünschten als das. Sie alle wollten mein Leben haben und denken, sie wären zufrieden, und könnten dann gut schlafen. Aber warum war es dann bei mir anders und warum lag ich schlaflos in meinem Bett und konnte keinen Frieden finden um die Augen zu schließen und in einem süßen Traum hinüber zu gleiten. Es macht mich wütend, so schrecklich wütend, dass ich heulen könnte. Ich könnte aufstehen und allen den Kopf abreißen, die mich nicht schlafen ließen. Alle, die an mich dachten und mein Gewissen in ihrem Gehirn gefangen hielten, als wäre ich ein Teddy, den man nach Belieben Lieb haben konnte. Als wäre ich kein Mensch, der Ruhe braucht und zu sich selbst finden wollte.

Als ich letzte Nacht so dalag und darüber nachdachte, ob es vielleicht doch nicht so verkehrt war, böse auf all diese Menschen zu sein, da kam mir eine wunderbare Idee. Ich sollte nicht meinen Hass ausleben, sondern versuchen, die Liebe zu finden. Liebe war doch etwas süßes und nettes, was einem einen Sinn im Leben konnte. Die Liebe war mir verboten, jedenfalls die, die ein Mann zu einer Frau finden sollte. Aber wer verbot mir, meine Gedanken so zu leben, wie ich es wollte? Das konnte doch niemand, und niemand würde mich daran hindern können, so etwas zutun. Ich würde mich einfach verlieben, und es niemanden wissen lassen. In schweren Momenten würde ich an meine Liebe denken, und alles andere wäre vergessen.

Ich fand diese Idee so faszinierend, dass ich sie gleich in die Tat umsetzten wollte. Aber wo fand man in der Nacht ein Geschöpf, dass man lieben konnte? Ich nahm mir fest vor, es an dem kommenden Tag auszuprobieren und stellte mir dann die ganze Nacht die Frau vor, die meine Liebe bekommen sollte.

Dieser Tag war heute.

Und es war alles andere als erfolgreich. Ich denke, man kann sich nicht auf Kommando verlieben. Ich habe versucht mir das Gefühl vorzustellen, dass ich für sie hegen würde, aber ohne es erlebt zu haben, konnte ich mir nicht genau ausmalen, was es bedeutete.

Und schließlich habe ich dann aufgegeben. Kurz nachdem ich aufgegeben hatte, und ins Studio ging um die Songs einzustudieren, die auf der nächsten Tour gespielt werden sollten, fand ich sie schließlich doch noch. Ich liebe meine Musik. So wie es sein sollte, so ist es auch. Welch ein Segen. Ich hoffe, ich kann nun wieder gut schlafen.

Farblos

Ich habe heute meine ganzen Aufzeichnungen durchgelesen und bin zu dem Entschluss gekommen, es doch irgendwann mal der Öffentlichkeit zu stellen. Sollen sie doch alle lesen, wie verloren und vor allem trist auch ich mich manchmal fühle. Wer immer lacht, der kann schließlich auch weinen. Und wer immer fröhlich scheint, der muss nicht auch immer glücklich sein. Oh, welch deprimierende Aufzeichnungen sind es doch. Und zeigen mich wahrscheinlich von einer anderen Seite....

Doch sollte es so sein? Bin ich wirklich so unglücklich? Nein, ich muss ihnen auch einmal meine schönen und fröhlichen Seiten näher bringen. Das muss einfach sein, nachdem, was ich bisher notiert habe. Denn wie gesagt, nicht alles scheint so grau und farblos, wie ich es notiert habe. Auch ich kann lachen, und auch ich kann Dinge aufschreiben, die sie noch nie gehört haben. Und vor allem kann ich auch Antworten auf ein paar Fragen geben. Denn wer sollte mich besser kennen, als ich selber? Und wenn ich mich nicht kenne, wer dann? Niemand... Auch wenn es alle glauben, und auch wenn alle immer meinen, meine Gedanken erfassen und meine Trauer in den Augen zu sehen. Wenn ich sie nicht sehe, dann die anderen doch erst recht nicht. Oder täusche ich mich da?

Ich will ihnen mal erzählen, was ich letzte Nacht geträumt habe. Es war ein kalter Traum, wie aus einem Schwarz-Weiß-Film entsprungen. Und selten ist mir ein Traum derart in Erinnerung geblieben. Ich sehe noch genau die tristen Bilder vor mir. Einen jungen Mann, lange Haare und ein aschgraues Gesicht. In seinen Augen lag nichts als die falblose Wut. Er ging auf und ab, setzte sich nieder und schien gelangweilt, aber auch angespannt und regelrecht genervt zu sein. Von was? Ich weiß es nicht. Es war niemand sonst zu sehen. Nur ein kahler Raum, mit einem kleinen Stuhl in der Mitte, auf den er sich immer wieder niederließ, um dann erneut aufzustehen und ziellos umherzugehen. Im Grunde hört sich dieser Traum langweilig und nichtssagend an, da nichts weiter geschah. Doch sah man sich diesem Mann genauer an, dann konnte man ganze Bände sprechen hören. Obwohl er schwieg, schrie er unentwegt. Und obwohl er nicht weinte, sah ich kleine Tränen der Verzweifelung hinunterlaufen. Und als ich mich langsam aber sicher näher zu ihm traute... erkannte ich, dass es ein Ebenbild meiner Selbst war. *Ich* war es, der dort umherging, nicht wusste wohin, nicht wusste warum, und niemals aus diesem Raum rauszukommen schien. Ein Raum, der so trist und grau war, wie man es sich nicht vorstellen konnte. Ein Raum, ausgefüllt mit völliger Leere, so leer, wie diese grauen Augen.

Als ich aufwachte, dachte ich noch eine Weile darüber nach. Ich sah in den Spiegel, und es schien, als wären meine Augen wirklich grau geworden. Aschfarben, von all den Tränen, die einst meine Wangen hinunterliefen und all den unbeantworteten Fragen, die durch meine farblose Welt wanderten und nach Antworten suchten. Jetzt frage ich sie, können sie sich vorstellen, dass ich ihnen auch die positiven Seiten meines Lebens darstellen könnte? Sie wissen es nicht? Sie glauben es nicht? Oder denken sie gar, in meinem Leben gäbe es nichts positives? Oh, bevor sie einen falschen Eindruck bekommen, lassen sie es mich versuchen.

Es gibt viele kleine Dinge, die mich zum lachen bringen, die mich dadurch auch fast wieder weinen lassen. Also, einfache Dinge, die mich rundum glücklich machen. Zum Beispiel, wenn ich sehe, wie andere Menschen glücklich sind. Wenn meine Familie lacht, dann lache ich mit. Jeder spontane Witz lässt mich fast auf den Boden fallen. Aber dennoch lässt mich auch jede Kleinigkeit, jeder ernste Blick, und jede kränkende Nachricht in Tränen ausbrechen. Immer sage ich mir, es wäre nicht passiert, wenn ich nicht ich wäre. Wenn ich doch nur ein Junge, wie jeder andere wäre, wenn mir nicht hundert Mädchen nachstellen und schöne Augen machen würden. Wenn sie nicht besessen von Gier an mir reißen würden und nicht krankhaft im Glauben wären, ich würde auch nur einen Funken ihrer Gefühle erwidern. Wenn all das nicht so wäre... hätte sich dann damals das Mädchen nicht meinetwegen umgebracht? Hätten sich nicht hundert weitere auf Konzerten derart schlimm verletzt, dass sie ins Krankenhaus mussten? Und hätte ich selber dann nicht meine Freundin betrogen, meine Mutter gehasst und meine Geschwister verraten? Wären all die Dinge, die mir bereits verziehen wurden, die ich mir aber wohl niemals vergeben werde, dann wirklich niemals geschehen? Also war es wieder alles nur meine Schuld oder wie? Aber wenn jemand an einer Droge stirbt, dann ist doch nur derjenige Selber schuld, und nicht die Droge. Bin ich etwa eine Droge, die andere nur massenweise schlucken und sich damit ins Verderben treiben? Aber ich bin doch ein Mensch... mich kann man nicht kaufen, auch ich habe Gefühle und ich hatte doch niemals die Absicht, jemandem wehzutun. Und plötzlich bin ich ja ein absoluter Unmensch, weil ich allen das Herz breche, nicht mit ihnen eine schöne Nacht verbringe, oder mich einfach nur mal nicht zu ihnen gesellen will. Welch ein Verbrechen der Menschlichkeit... und dennoch bin ich mir keiner Schuld bewusst.

Sehen sie mich einmal an und sagen sie mir, was sie sehen. Sehen sie einen jungen Mann, der glücklich ist, sich alles leisten kann und die schwärmerischen Blicke der Kinder triumphierend und geehrt genießt? Oder sehen sie ein graues Gesicht, graue Augen und ratlose Blicke... so wie ich sie gesehen habe? Ich bitte um Antwort. Vielleicht nicht hier und jetzt, aber irgendwann, wenn wir uns sehen und ich nicht mehr auf einem Stuhl sitze oder durch einen grauen Raum marschiere... sondern, wenn die Welt ihre Farben wieder gefunden hat, und ich sie erneut mit meinen blauen Augen anstrahlen kann... irgendwann !

Sinnlos

Steiger ich mich langsam hinein? Komme ich langsam zu dem Entschluss, dass wirklich alles einen Sinn haben muss und das ich ihn irgendwann finden werde? Oder weiß ich im Moment nur nichts anderes zutun, als vor mich hin zu kritzeln und all meine trostlosen und hilflosen Gedanken aufzuschreiben? All meine farblosen Bilder und all die anstandslosen Menschen um mich herum zu beschreiben? Bin ich wirklich so bodenlos? Und vor allem kopflos? Oh, wenn mir doch nur einer helfen könnte. Wenn mir doch nur jemand die Antwort auf all das geben könnte...

Doch jeder sagt etwas anderes. Was man auch fragt, man bekommt noch nicht einmal eine klare Antwort. Frage ich denn zu ungenau? Was frage ich überhaupt? Was suche ich? Bin ich auf der Suche nach mir Selbst? Nach dem Grund meines Daseins? Oder versuche ich nur herauszufinden, warum ich das alles mache und warum ich dem nicht ein Ende setze, wo ich doch manchmal nichts lieber möchte und wo ich doch oft nahe der Verzweifelung stehe und nicht mehr gerade aus sehen kann. Jetzt habe ich so viel darüber nachgedacht und finde nur noch weitere Fragen, aber niemals Antworten. Wird es immer so weiter gehen? Ist es vielleicht der Sinn des Lebens, dass man es nicht versteht und nur darüber nachdenken kann? Soll es etwa so sein, dass man niemals die Antworten findet, niemals hinter das Geheimnis kommt und niemals auch nur den blassen Schimmer hat, wofür man sich so in Stücke reißen lässt? Ist das Leben denn derart sinnlos?

Jeden Morgen stehe ich auf, wasche mich, zieh mich an, esse, trinke und schlafe abends wieder ein. Und das ist alles sinnlos? Was haben wir denn am Ende des Tages? Bleibt uns dann nur noch der nächste Tag? Ein Tag näher am Tod? Ein Tag weniger zu leben? Und das soll alles sein? Warum lege ich mich dann nicht die ganze Zeit in die Sonne, warum spanne ich nicht aus und warum arbeite ich mich kaputt? Damit ich mich mein Leben lang quälen kann um am Ende doch zu sterben, wie alle anderen auch? Warum lasse ich mich von den Mädels denn anfassen, warum kann ich ihnen nicht ins Gesicht spucken und sagen, dass sie mich nerven und ich nicht mehr zuhören will. Oder tu ich das gar? Bin ich ein solcher arroganter Macho, der nur an sich selber denkt und nicht darauf achtet, wer mich wirklich liebt und wer nicht? Habe ich nicht selber meine Freundin betrogen und belogen, nur weil ich menschlich sein wollte? Habe ich nicht auch Fehler? Und wozu? Weil ich doch nur Mensch bin und wir am Ende alle sterben müssen. Egal was wir im Leben erreicht und getan haben. Vor Gott sind doch alle gleich, ob sie nun jemanden getötet haben, oder ob sie immer nur fromm und heilig gehandelt haben. Also ist es doch egal was wir tun, im Grunde bringt es uns doch keinen Schritt weiter.

Wie oft schon habe ich versucht, mir nichts zu schulden kommen zu lassen. Wie oft dachte ich, es wäre mir so wichtig, was andere von mir denken. Sie sollten mich in guter Erinnerung behalten, sie sollten denken, ich wäre ein perfekter Mensch, voll von Talent und voller Lebensfreude und ich würde niemals irgendjemanden den Ruf stehlen wollen. Doch so kann es doch nicht sein. Man kann doch

34

nicht immer gut sein, man muss doch auch böse Gedanken haben. Gehört es denn nicht beides zusammen? Ist denn ein Mensch entweder gut oder böse? Oder ist jeder Mensch auch beides? Kann mir denn jemand sagen, wie man gutes tut? Oder wie man gar schlechtes tut? Oder tut man nur das, was man selber für richtig hält? Aber warum bereue ich dann so vieles in meinem Leben? Oder bin ich gar nicht einmal Mensch? Bin ich vielleicht doch irgendetwas besonderes? Etwas muss doch dran sein, wenn mich alle lieben und mich vergöttern. Bin ich überhaupt ich? Oder bin ich gar irgendjemand anderes? Vielleicht du? Oder vielleicht sonst wer? Nur eben nicht ich? Wie kann ich denn ich sein, wenn ich nicht weiß, wer ich überhaupt bin? Sind wir denn alle so verschieden, oder sind wir alle gleich?

Und wieso kann ich nicht einmal einen Satz ohne ein Fragezeichen beenden? Ist das denn so schwer?

Vielleicht suche ich ja wirklich nach Antworten, die es gar nicht geben kann. Vielleicht hat ja alles gar keinen Sinn und vielleicht bin ich einfach geboren worden, um das Beste aus meinem Leben zu machen, Spaß zu haben, um dann wieder zufrieden irgendwann einzuschlafen. Aber das kann es doch nicht sein? Oder?

Also laufe ich nun durch mein sinnloses Leben, lasse mich weiterhin zum Narren halten und sträube mich dagegen, weiter nachzudenken. Und wenn mir jemand mal eine ach-so-sinnlose Frage stellen wird, dann werde ich ihn auslachen und sagen, er solle nicht nachdenken, sondern einfach handeln. Denn viel zu schnell ist dein kurzes Leben vorbei und du blickst voller Demut auf dich selber nieder und fragst dich, was du dein ganzes Leben lang getan hast. Und was siehst du? Garnichts siehst du. Ich sehe auch nichts. Was habe ich getan? Ich habe gesungen, ich habe geschrieben und ich habe nachgedacht. Mein ganzes Leben lang habe ich nachgedacht und doch nichts erreicht. Nicht eine Antwort habe ich gefunden. Will ich also den Rest meines Lebens damit verschwenden, nach Antworten zu suchen, die ich niemals finden werde? Oder sollte ich einfach lachend durch die Welt ziehen und das tun, was mir Spaß macht? Und schon wieder stelle ich Fragen...

Letztens ist mir mal wieder die Bibel in die Hand gefallen. Nein, ich bin kein so gläubiger Mensch als das ich alles für wahr nehmen würde, aber es ist eine Ansicht der Lebensphilosophie und in dem Bereich stehe ich für alles offen. Und was steht da? Wie war das denn mit Adam und Eva, dem Apfel und der Schlange? Ist es am Ende nicht nur eine Erzählung? Stellt es denn nicht auch *mein* Leben dar? So wie ich es sehe... und so wie alle doch nur irgendwann auf eine Erbsünde warten? Auf einen vergifteten Apfel, der uns aus dem Paradies vertreibt? Aber wo ist mein Paradies? Und was ist meine Erbsünde? Und ich bin mir sicher, dass ich es noch herausfinden werde, denn ganz so sinnlos kann mein Leben doch gar nicht sein, oder?

Lustlos

Heute fragte mich doch glatt jemand, ob ich nicht Lust hätte, ein großes Konzert zu geben. Ein noch größeres, als ich es jemals gegeben habe. Und ich muss zugeben, einen kurzen Augenblick habe ich überlegt. Wie wäre es denn, mal wieder vor einem Millionen-Publikum zu spielen und damit eine viel größere Masse zu erfreuen, als ich es bisher getan habe. Natürlich habe ich solche Konzerte schon massenweise gegeben, Tausende von Händen berührt, die nach mir gegriffen haben und mich voller Elan dort hingestellt und das Beste aus mir herausgeholt. Jedenfalls dachte ich immer, noch besser könnte ich nicht werden. Und schon beim nächsten Konzert übertraf ich mich selbst. So wurden die Hallen immer voller, mein Leben immer stressiger und mein Herz immer leerer. Es war einfach kein Platz mehr da. Kein Platz mehr für die natürlichsten Dinge, für Spaß, Urlaub und vor allem für die Liebe. Doch wie sollte ich jemanden die Liebe geben, wenn ich doch noch nicht einmal mich selber liebte. Und wie sollte ich verlangen können, dass mich jemand wirklich lieben und verstehen kann, wenn ich mich noch nicht einmal selber kenne und demjenigen Zeigen kann, wer ich eigentlich bin und was dieser jemand an mir lieben kann. Denn die Dinge, für die ich berühmt bin, machen mich doch nicht alleine aus. Ich bin doch viel mehr. Ich bin doch nicht nur der Mann, der auf der Bühne steht. Oder bin ich es doch? Und lasse dem anderen Ich in mir einfach keinen Platz mehr?

Jedenfalls sagte ich diesem guten Mann, der mir jenen Vorschlag macht, ab. Ich wollte es einfach nicht, hatte keine Lust, mich triumphierend feiern zu lassen und zu sehen, wie weit oben ich wirklich noch bin. Es interessiert mich einfach nicht mehr. Lieber wollte ich mich erneut an meinen Schreibtisch setzen und weiter schreiben, alles aufschreiben, was mir durch den Kopf geht und weiterhin Fragen stellen. In der Hoffung, es würde eine Antwort geben. Vielleicht nicht hier und jetzt, aber irgendwann mal. Sicher, irgendwann werde ich wissen, warum ich so handele und warum ich überhaupt da bin, existiere und nicht als eine fette Kröte durch die Welt hüpfe. Sondern als das intelligenteste Wesen auf Erden, als Mensch. Oder sind wir gar nicht so intelligent? Wäre es nicht vielleicht doch schlauer, als Kröte durch die Welt zu ziehen, Eier zu legen und nur abzuwarten, bis der Storch kommt und einen frisst? So ist doch nun mal das Leben. Aber warum essen wir denn die ganzen Pflanzen und Tiere auf, und nicht uns selber? Weil wir so intelligent sind, oder warum? Und warum suche ich dann nach so vielen Dingen? All meine Tiere scheinen sich gar nichts daraus zu machen. Sie scheinen nie darüber nachzudenken, was der Sinn ihres Daseins ist, und sie scheinen alle sehr glücklich zu sein. Ist es also nicht auch eine Verdammnis, der man mit der Intelligenz ausgesetzt ist?

Wie dumm muss man denn sein, um glücklich leben zu können? So dumm, wie die meisten Menschen mir vorkommen, denen ich begegne? Oder sind sie am Ende gar nicht so dumm? Sind sie einfach nur so schlau und kennen schon alle Antworten? Aber warum geben sie mir dann keinen Rat?

Wenn ich ein Mädchen treffe, und die möchte, dass ich auf einem Zettel unterschreibe, dann tu ich das meistens auch. Aber wozu? Was will sie damit? Klar, sie will allen zeigen, dass sie mich gesehen hat, und wahrscheinlich dichtet sie dann noch allerlei Unterhaltungen dazwischen, die niemals stattgefunden haben, aber das kann mir ja egal sein. Ich frage mich nur, was sie im Endeffekt damit wollen. Sie können es doch nicht zuhause aufhängen, wer würde sich schon das lieblose Gekritzel eines jungen Mannes übers Bett hängen? Ich habe mal zuhause stundenlang auf einen Zettel geschrieben. Immer nur meinen Namen, mal schnell, mal langsam, mal krakelig und mal ganz ordentlich. Und ich bin zu keiner Antwort gekommen. Ich habe sie alle weggeschmissen, weil sie ohne Bedeutung für mich waren. Und die handeln damit, als wäre es Gold. Aber dafür kann ich mir doch nichts kaufen. Ich kann doch nicht in einen Laden gehen, und mit meiner Unterschrift bezahlen... es sein denn, ich setze sie unter einen gedeckten Scheck. Also, wo ist der Sinn?

Und es reicht ja nicht, dass sie eins haben. Nein, manche kommen jeden Tag stehen immer dort, und wollen jedes Mal ein neues Autogramm. Und ich schreibe zum hundertsten Mal meinen Namen auf ein Fetzen Papier und hoffe, dass sie nun endlich glücklich und zufrieden sind. Doch das werden sie wohl nie sein. Vielleicht ist es bei ihnen so, wie mit meinen Fragen. Je mehr ich nachdenke, und je mehr Fragen ich stelle, umso mehr neue kommen mir auch in den Sinn. Es scheint ein ewiger Kreislauf zu sein, aus dem auch nie wieder hinaus kommen werde. Und niemals hat auch nur einer gefragt, wozu das Ganze....

Heute jedenfalls hatte ich keine Lust irgendetwas großartiges zu planen. Kein Konzert, nein, davon hatte ich weiß Gott genug gegeben. Und auch auf einen Stadtbummel mit meinem Bruder verzichtete ich. Lieber zu Hause bleiben und meine Ruhe haben. Doch auch darauf habe ich irgendwie keine Lust. Was ist denn nur los mit mir? Ich könnte mich den ganzen Tag ins Bett legen und schlafen, aber was bringt mir das dann? Es wäre wieder nur verlorene Zeit, die ich sinnlos vertrödeln würde. Und mit Sicherheit gäbe es dann wieder faules Gerede in meiner Familie. Also stehe ich auf, gehe hinunter in das Studio und versuche, eine neue Melodie zu finden...

Fassungslos

Welch eine angestaute Einsamkeit, welch eine Wut, die mich überkochen lässt und welch ein Verhängnis, das mich so traurig macht. Niemals hätte ich gedacht, dass es so viel unergründliches auf der Welt gibt. Ich stehe fassungslos da, und traue meinen eigenen Augen nicht. Ist das wirklich geschehen? Haben sich wirklich diese Menschen meinetwegen so derart benommen, dass ich die Strafe dafür absitzen muss? Bin ich für ihr Verhalten schuld? Aber ich habe doch nicht gesagt, sie sollen hierhin kommen. Ich habe nicht gesagt, dass mein Name mit Herzen an den Hauswänden anderer Leute stehen soll. Ich war es doch nicht... Und doch werde ich dafür bestraft.

„Geht weg, wir wollen euch nicht mehr hier haben", „Ihr blöden Promis. Macht uns mit euren Fans die Heimat kaputt"... das und ähnliches habe ich in letzter Zeit sehr oft gehört. Zuerst waren sie noch stolz, uns in ihrer Nähe zu haben, doch mit der Zeit blieb nur noch die Wut. Ihnen ist es egal, ob wir hier sind oder nicht. Aber es geht doch entschieden zu weit, wenn sich manche Menschen wegen uns derart daneben benehmen und unschuldige Mitmenschen darunter leiden müssen. Das kann doch nicht gewollt sein. Und sie wollen doch auch nur leben, so wie ich. Nur das es mir niemals vergönnt sein wird.

Soll ich mich in der Erde vergraben, mich einschanzen und allen Menschen aus dem Weg gehen, damit wenigstens sie nicht meinetwegen leiden müssen? Das kann doch nicht so gewollt sein.

Haben sie uns nicht zu Anfang herzlich willkommen geheißen? Waren sie nicht stolz darauf, dass wir ihr

Dorf auswählten, um hier zu leben und an ihrer stillen Ruhe Teil haben zu können? Und jetzt würden sie uns am liebsten fortjagen. Uns, mit all dem Anhang, den ich wie ein Magnet hinter mir her zu ziehen scheine... die an mir hängen wie die Zecken auf einem Hund. Und ich werde sie einfach nicht los.

Sie nehmen mir die Höflichkeit in meinem Zuhause, sie nehmen mir all die Gründe, warum wir einst hier einzogen und sie vernichten meine Träume, die ich seit dem Umzug wieder zu träumen begann. Ist das Leben fair?

Und mich beschuldigen sie, ich bin der Böse, ich muss zahlen, ich muss gehen und ich muss leiden. Doch es hilft nichts, auch wenn ich es niemals verstehen werde.

Finden sie es fair, wenn man für die Dinge, die man niemals begangen hat, zur Rechenschaft gezogen wird? Sie verlangen eine Erklärung, wollen ihren Schaden ersetzt haben und können sich dabei an niemand anderen wenden, als an uns. Doch wir wissen es doch nicht...Fragt nicht uns, fragt die Täter, oder sind wir es gar doch in Schuld?

Sehen sie einmal genau hin. Können sie mir sagen, welchen Fehler ich gemacht habe? Können sie mir sagen, was ich jemals erreichen wollte? Und vor allem, was ich damit überhaupt bisher erreicht habe? Garnichts, meiner Meinung nach, außer die Angst in mir selbst. Ich versuchte, sie zu verstehen, ich versuchte, an sie zu glauben, ihnen eine Chance zu geben und mit ihnen zu reden. Aber es wurde nicht wahrgenommen. Es wurde nur an meinem Arm gerissen, meine Stimme übertönt und mein Dasein zerstört. Wollten sie denn nicht, dass ich zu ihnen komme? Hatten sie nicht darum gebeten? Aber warum verjagen sie mich dann wieder? Schicken mich in eine Hölle der Verdammnis und lassen mich durch ihre tollwütigen Augen nicht außer Sicht. Soll es so sein? Habe ich es nicht anders verdient?

Stellen sie sich einen Künstler vor. Sie bewundern ihn, bewundern seine Werke und staunen immer wieder über das Talent des jungen Mannes. Wie verhalten sie sich, wenn sie ihn sehen? Gehen sie dann nicht auch, mit vielleicht weichen Knien, aber dennoch geradeaus, auf ihn zu. Würden sie ihm nicht freundlich die Hand schütteln, ihre Bewunderung äußern und sich nach einigen Minuten höflich verabschieden, um ihm nicht die kostbare zeit zu stehlen? Ich bin in meinem Leben schon sehr vielen wahren Künstlern begegnet, und ich habe so gehandelt. Ich war stolz, sie gesehen zu haben, und noch stolzer darauf, das sie sich für mich Zeit genommen hatten. Nur eine Minute, aber besser als gar nichts. Nun frage ich sie, bin ich nicht ein solcher Künstler? Habe ich es nicht verdient, mit Respekt und Bewunderung behandelt zu werden? Und vor allem, habe ich nicht auch das Recht, meinen Fans so zu begegnen, wie ich es möchte? Schließlich will ich doch auch etwas von ihnen, Resonanz auf meine Arbeit, Vorschläge, Anregungen.... davon lebe ich doch. Aber es geht nicht, ich bin auf mich allein gestellt. Meine Arbeit zählt nicht, meine Arbeit ist unwichtig geworden. Alles, was jetzt noch zählt, ist, wie meine Freundin heißt und ob ich nicht doch vielleicht schwul bin. Ich warne sie... wenn sie das wissen wollen, dann lesen sie nicht weiter. Meine Aufzeichnungen sollen nicht dafür gut sein, um sie mit Tatsachen zu konfrontieren, sondern nur, um zu zeigen, was wirklich wichtig ist. Und das allein ist es, was meine Arbeit ausmacht, und das wäre es, was mir helfen würde, die Antworten auf all meine Fragen zu finden. Doch ich werde noch lange suchen, denn ich stehe immer noch fassungslos da und weiß keinen Schritt mehr weiter.

Ratlos

Kennen sie das, wenn alles nur noch in Frage gestellt wird, man einsam da steht und das Gefühl hat, niemand versteht einen? Kennen sie dieses Gefühl, wenn man schwimmen will, und untergeht, wenn man fliegen will und den Halt verliert? Wenn man lachen will und sich das Gesicht nur noch derart verkrampft? Wenn sie all das kennen, dann wissen sie auch, was in mir vorgeht. Eine absolute Leere, ohne Sinn und ohne Verstand. Aber ich lebe doch noch, ich bin doch noch da, und ich handele nach guten Gewissen. Und doch bin ich nicht zufrieden. Nicht zufrieden mit mir selbst, nicht zufrieden mit meiner Umwelt und ständig auf Kurs. Einen Kurs Richtung Ungewissheit, vielleicht Glückseligkeit oder Skrupellosigkeit? Wie gerne wäre ich doch solch ein Egoist, würde stolz durch die Welt marschieren und allen meine Meinung sagen. Würde sie mit der Nase auf die Wahrheit stoßen, ihr Bild von mir zerstören und einfach nur ich selber sein. Aber das kann ich nicht. Und dafür gibt es viele Gründe.

Zum einen habe ich es nie gelernt, denn es wäre das größte Verbrechen, was ich je begehen könnte. Es wäre mein Untergang. Es würde mir alles nehmen, was ich erreicht habe, mich zu einem armen Mann schrumpfen lassen und all die Ansicht stehlen, die ich in meinem doch so kurzen Leben erreicht habe. Und zum anderen wäre es auch eine Schande gegen mich selbst. Habe ich mich nicht 20 Jahre lang abgerackert, gelernt, gearbeitet und eingesetzt? Habe ich nicht viel zu lange für diesen Traum gekämpft, als das ich ihn einfach so wieder vernichten könnte?

Sie sagen, so unglücklich kann ich gar nicht sein? Sonst würde ich diesen einen Schritt auch noch wagen und alles ändern wollen? Dann kennen sie mich doch nicht so gut.

Ich sage ihnen etwas. Nichts um alles in der Welt, und sei es auch noch so ein unbeholfenes Gefühl, würde mich dazu bringen können, alles hinzuschmeißen. Niemals würde ich alles aufgeben, meine Vergangenheit verdrängen, mein Talent verwesen lassen und mein Können verlernen. Nein, dafür habe ich nicht so viel gearbeitet. Ich werde nicht zulassen, dass alles umsonst gewesen sein soll und das ich mich im nachhinein für all meine Taten schämen muss. Denn was würde mir dann bleiben? Ich wäre ein einfacher Mann, ohne Schul- und Berufsbildung. Ohne Erfahrungen, in den einfachsten und natürlichsten Lebenssituationen und vor allem ohne Sinn. Was bleibt einem Künstler, dem seine Werke zerstört wurden? Was ist ein Musiker, ohne seine Instrumente? Und vor allem, was wäre ein Musiker, ohne sein Publikum?

Heute saß ich voller Zorn in meinem kleinen Zimmer. Habe mit der Gitarre in der Hand nach Worten gesucht, und habe sie schließlich gefunden. Einen Text, der meine ratlose Situation beschreibt. Vielleicht wollen sie einen kleinen Ausschnitt lesen:

In the endless deepest night
I stay there for a fight
I'm waiting for an answering person
For getting own emotion
Don't tell me any lies
About a happy man, who dies
Just one word for my soul

One word for myself
It's more than anything else
More than I can get

Oh baby….
Am I what I am?
Or am I what I wished to be?
Am I what I am?
Or shall I be, what you mean?
…

Ich zeigte es meinem Bruder, und er sah mich mit an. Er fragte, was ich damit meinte, und ob ich nicht wüsste, was ich wäre. Und wie ich darauf komme, so etwas zu schreiben, wo ich doch genau weiß, dass es meinem Vater nicht gefallen würde.

Ich zeige es ihnen, in der Hoffnung, das sie es verstehen würden. Oder ist es nur ein Traum?

Träume sind doch wunderschön. Eine einsame Frau träumt sich in Liebesromane, ein kleines Kind träumt sich in Märchen und ein junger Mann träumt sich ... ja, wohin träumt er sich denn? In einen Puff? Wie viele Frauen vielleicht denken mögen? Oder träumt er sich in eine bessere Welt, in der er seinen Scham und all seine Ängste nicht mehr hinter einer dreckigen Fassade verstecken muss?

Sind sie ein solcher Mann, der nie genug von den körperlichen Gelüsten bekommen kann, der immer auf der Suche nach einem Abenteuer ist und dabei jegliche Gefühle einfach ausschalten kann? Bin ich ein solcher Mann?

Habe ich mich nicht immer dagegen gewehrt, in diese Klasse abgestempelt zu werden? Kann mir denn niemand einen Rat geben?

Wovon rede ich eigentlich? Rede ich von Anstand und Moral? Rede ich von Sex und Gelüsten? Oder rede ich einfach nur dummes Zeug, und suche meine eigene Identität, welche einfach ausgelöscht wurde, als ich damals das Licht der Welt erblickte?
Können sie mir nicht irgendeinen Rat geben?

Furchtlos

Kennen sie Sokrates? Wissen sie, was dieser Philosoph einst gesagt hat? Er sagte:

„Das einzige was ich weiß, ist, dass ich nichts weiß.“

Steckt da nicht so viel drin? Sind das nicht alle Antworten auf meine Fragen? Sagte er nicht, das man gar nichts wissen kann? Und das es das einzige ist, was man wissen sollte? Doch ist es nicht auch eine Schandtat, wenn man all sein Wissen in Frage stellt und dabei wieder am Nullpunkt ankommt? Ich gehe einmal all die Aussagen Sokrates durch und versuche sie zu verstehen.

„Die Grundlage unseres Wissens liegt in der Vernunft.“

In der Vernunft? Heißt es, weil ich nichts weiß, bin ich nicht vernünftig? Heißt es, ich kann gar nichts wissen, weil mir die Vernunft nicht Einlass in ihre Geheimnisse verschaffen will? Oder muss ich einfach nur nach dem guten Gewissen der Vernunft handeln, um weise zu werden? Also gibt es keinen Unwissenden, sonder nur einen Unvernünftigen. Und demnach müsste alles, was ich frage, nur an meinem Verstand zweifeln lassen, nicht jedoch aber an meiner Unwissenheit. Aber verdammt Sokrates sich damit nicht selber? Wiederspricht er sich nicht, wenn er dann noch sagt:

„Unwissenheit ist die Wurzel allen Übels." ????

Nun weiß ich zumindest, warum ich so unzufrieden bin. Nämlich nicht, weil mir meine Situation stinkt, weil mir die Fans auf die Nerven gehen, sondern weil ich selber damit nicht umgehen kann. Ich selbst bin es doch, der meint, von nichts eine Ahnung zu haben und nur ich kann es ändern. Ich kann weder meine Mitmenschen, noch den Lauf der Zeit beeinflussen, ich kann es nur, indem ich mein Selbst ändere. Meine Einstellung wechsle und meinem Glück den Weg öffne.

Aber stimmt es denn, was Sokrates sagt, ist es die Antwort auf meine Frage? Es klingt so logisch, aber wenn ich mir die Jahreszahlen ansehe (470-399 v.Chr.), dann scheint es doch veraltet. Doch können philosophische Worte jemals veralten? Als ich vor einiger Zeit in der Bibel gelesen habe, musste ich feststellen, dass es einfach ein himmlisches Buch ist. Es beschreibt nicht, wie die Welt vor Millionen von Jahren entstanden ist. Nein, die Welt begann nicht dort, wo sie entstanden ist, sondern erst dann, als ich geboren wurde. Da sah ich die Welt zum ersten Mal. Eine Blume schien für mich so neu und unergründlich, ein Wort meiner Eltern so unverständlich, dass ich erst durch die Jahre ihre Bedeutung erlernte. Ist die Welt nicht für ein neugeborenes Kind noch genauso jung und fremd wie vor so vielen Jahren es für ... meinetwegen eben... Adam und Eva war? Und muss nicht jedes Baby erst den Umgang mit all den fremden Dingen lernen, bevor es verlassen aus Mutters Schützenden Armen gelassen wird?

Also stimmt es doch, es klingt so logisch und einleuchtend. Alles, was große Philosophen sagten, ist wahr. Vielleicht nicht für jeden, aber für ihn war es die pure Nacktheit und der pure Wahnsinn. Und ich kann mir das daraus ziehen, was ich für richtig halte. Was mich in meiner Studie weiter bringt und was mich vielleicht zum Ziel bringen würde.

Sehen wir einmal weiter, was steht denn noch so für eine Weisheit in der Philosophischen Geschichte?

„Cognito ergo sum"

Drei berühmte Worte, so oft gehört und doch nie verstanden. Ich frage meinen Vater was es bedeutet. Er kann es mir sagen, er hat es doch studiert, er kennt sich aus. Er sagt es mir...

„Ich denke, also bin ich."

Schlaue Worte von René Descartes.

Ich drehe den Zettel in meinen Händen, und überlege, was es wohl heißen mag. Ich denke... tu ich das? Denke ich? Ich denke, dass ich sehr bald schon eine Antwort finden werde. Also bin ich... Bin ich denn? Ich finde, ich bin ein äußerst attraktiver junger Mann, der viel Talent besitzt und begehrt wird. Ist das mein Dasein?

Ich weiß doch so viel, und ich denke so viel, also muss ich auch irgendwer sein. Und wenn ich nun mal nichts weiß, dann werde ich in mich gehen, meine Vernunft befragen und mehr wissen, als jeder andere. Und wenn ich nun schon weiß, das ich überhaupt jemand bin und wirklich existiere, dann weiß ich auch, dass ich Antworten finden werde. Denn nichts kann ergründet werden, wo nichts ist. Und niemals kann man eine Antwort auf etwas finden, was es nicht gibt. Aber mich gibt es, das habe ich nun herausgefunden. Und wenn es mich gibt, dann werde ich auch sehr bald wissen, wer ich eigentlich bin.

Es ist doch ein schönes Gefühl, einmal einer Sache völlig sicher zu sein. Vielleicht habe ich so eben den Grundstein all meines Wissens gesetzt. Einmal erkannt, das ich wirklich jemand bin. Das ich nicht nur Illusion bin, das ich Mensch bin... eben keine Droge, die andere genommen haben, und kein Frosch, der einfach durch die Welt hüpft. Ich bin ein denkender und verstehender Mensch, und selbst wenn ich vielleicht noch weit weg von Vernunft und Erkenntnis bin, so will ich doch lernen und mich selber einmal verstehen lernen.

Und ich habe keine Angst mehr vor dem was kommt, werde mit voller Neugierde mich in neue Fragen stürzen, alles umwerfen und ein ganz neues Bild erschaffen. Ein Bild, mit dem ich vielleicht auch nicht nur mich selber, sondern auch andere Menschen verstehen kann um ihnen bei der Suche nach sich selber zu helfen.

Nun bin ich einmal frei von Angst und Furcht.

Grundlos

Ich habe weiter studiert, mich weiterhin mit den großen Philosophen befasst und bin zu einem erstaunlichen Entschluss gekommen. Wenn ich ein solcher Philosoph bin, wie die, von denen ich so viel gelesen habe, dann werde ich niemals Antworten auf meine Fragen bekommen. Denn das ist doch die eigentliche Arbeit, die ein Philosoph tut, und bei der er niemals genug Befriedigung finden wird. Trotzdem werde ich meine Suche niemals aufgeben, und irgendwann die Erlösung erfahren. Da bin ich mir sehr sicher, und was mich so sicher macht? Und warum ich gar nicht mehr so danach strebe, alles zu begründen? Ich las heute eine Zeile eines Philosophen, die mich durchaus nachdenklich gemacht hat, und wenn sie wahr sein sollte, dann müsste ich endlich aufhören, nach Erkenntnis zu gelangen. Denn noch bin ich weit weg von der Vernunft, und vielleicht wäre es gerade unvernünftig, alles wissen zu wollen. Niemand ist doch perfekt, und auch wenn viele Menschen denken, ich wäre es, so ist es doch nur ein Fehler meiner Selbst, dieses auch noch zu beweisen zu wollen und vor allem, es mir beweisen zu wollen.
Um ihnen diese wichtige Zeile einmal selber zur eigenen Erkenntnis darzulegen:

War es vielleicht doch nicht so dumm, den Erkenntnisdrang des Menschen als Sündenfall zu bezeichnen?

Oh wie vielsagend diese Aussage ist. Vielleicht ist dort wirklich etwas wahres dran, und vielleicht ist es auch der Sinn des Ganzen. Man kann solange streben und nachdenken wie man will, man wird niemals alles wissen können. Und die Tatsache, das man alles wissen will, was niemals erreicht werden kann, bringt einen um. Sie nimmt einen den letzten Nerv, treibt einen zum Wahnsinn und letztendlich muss man immer wieder feststellen, dass es nur eine Spinnerei war und man im Prinzip kein Stück schlauer ist.

So war es bei mir doch immer. Ich dachte, als ich vor Jahren einen Künstler mit seiner Gitarre sah, wie gut er spielen konnte. Und ich setzte alles daran, es auch zu lernen. Ich dachte, wenn ich doch nur genauso gut spielen konnte, dann wäre ich zufrieden und alle würden mich für mein Können so sehr bewundern, wie ich diesen Menschen einst bewunderte. Und ich habe geübt, jahrelang. Und letztendlich musste ich feststellen, dass ich weitaus besser spielte, als dieser Mann. Und trotzdem war ich nicht zufrieden. Ich sah einen anderen Künstler, und ich sah, wie er spielte. Und schon hatte ich ein neues Ziel, das es zu erreichen gab. Und so sehr ich mich auch anstrengte, und umso mehr ich auch lernte, es reichte niemals aus, um meine Gitarre in die Ecke zu stellen und zu sagen, jetzt kann ich alles. Denn so wird es niemals sein. Es wird immer jemanden geben, der es besser kann und es wird immer etwas geben, was ich noch lernen könnte. Und so ist es doch mit all meinen Fragen auch, oder etwa nicht? Vielleicht werde ich einige meiner Fragen noch beantworten können, vielleicht werde ich mich irgendwann wirklich so gut kennen uns sagen können, was in mir vorgeht und all mein Handeln begründen, aber ich werde niemals alles wissen und verstehen, denn manche Dinge sind einfach viel zu unergründlich. Und wenn Sokrates vor so vielen tausend Jahren nicht geschafft hat, und wenn all die anderen Philosophen, die Großartiges erkannt haben es nicht herausgefunden haben, dann werde ich es wohl auch niemals schaffen.

Es ist wirklich ein endloser Kampf gegen das Wissenswerte auf dieser Welt. Die Erde bringt so viele Geheimnisse, andere Menschen handeln in meinen Augen so grundlos und so unvernünftig. Aber ich kann nicht wissen, wie sie denken und warum sie es tun. Und ich kann niemals herausfinden, welche Geheimnisse sie noch alles verbergen. Es ist ein endloser Kampf gegen die ewige Fragenstellerei. Und ich werde mich bemühen, zu siegen.

Ich will wissen, was in mir vorgeht, warum ich mich all dem aussetze, und warum ich niemals zufrieden sein kann. Vielleicht werde ich dann wirklich eines Tages voller Stolz auf mein Leben zurück blicken können und sagen, ich habe nicht nur Musik gemacht, ich habe nicht nur Mädchenherzen gebrochen, sondern ich habe etwas sehr wichtiges erkannt. Ich habe mich selber erkannt, und kann guten Gewissens sagen, was falsch und was richtig in meinem Leben war. Ja, irgendwann werde ich so reden können, sei es nicht heute, sei es irgendwann. Und bis dahin werde ich weiterhin diesen schier endlos scheinenden Kampf weiter in mir selber bestehen und mich ihm stellen.

Und wenn es wirklich solch ein Sündenfall sein soll, dann will ich mich ihm auch gerne stellen. Soll er doch einen Krieg in mir entfachen, mich einengen, mich verzweifeln lassen und mich mit einem

Gedankenwirrwarr überströmen. Ich will es eingehen, denn ich habe Hoffnung. Und solange ich weiß, dass ich existiere und Mensch bin, will ich auch all meine Gedanken nicht verschwenden, sondern sie für etwas einsetzen, was wirklich wichtig ist. Und das ist es, zu sich selber finden, absolut mit sich im Einklang zu sein und niemals zu sagen, dass man sich selbst nicht mehr treu ist. Dafür werde ich kämpfen und dahin werde ich streben. Vielleicht wollen sie mir dabei auch helfen. Vielleicht haben sie diesen Schritt in ihrem Leben schon getan, und wissen, wohin ich meinen Weg richten muss. Ich bitte sie, dann reden sie mit mir. Sagen sie mir, welchen Weg sie gewählt haben und wohin er geführt hat. Sagen sie mir, wer sie sind und was sie denken. Es interessiert mich. Und ich werde ihnen gut zuhören und sie gewähren lassen. Wie auch immer sie handeln mögen. Denn ich bin nur ein Mann, der auf der Suche ist. Ich bin kein Künstler, der etwas großartiges erreichen möchte. Ich interessiere mich für Menschen, was sie erlebt haben und wie sie damit umgehen. Und ich werde ihnen zuhören, sei es auch ein noch so endloses Gespräch.

Wertlos

Tja, und schon wieder fange ich an, sie mit meinen Aufzeichnungen zu nerven. Heute morgen, als ich noch wach in meinem Bette lag und darüber nachdenken konnte, da habe ich mich wirklich gefragt, wofür ich das Ganze aufschreibe. Ist es wirklich nur, um mich selber zu verstehen, ist es wirklich nur für *mich*? Oder ist es mehr für Andere? Für Andere, die mich meinen zu kennen, oder vielleicht für die, die Ursache all meiner Fragen sind. Ist es vielleicht für die Menschen, die mich wirklich kennen, damit sie sehen, dass in mir noch viel mehr steckt? Oder ist es gar für niemanden, die reinste Zeitverschwendung und vor allem ein falsch gesetztes Ziel und die Enttäuschung vorgeplant? Eigentlich kann ich nicht sagen, was ich damit bezwecken will, aber ich denke, diese Aufzeichnungen werden in die Geschichte eingehen. Zumindest in meine Geschichte. Denn auch ich kann weinen.

Also schreibe ich wohl noch eine Zeitlang weiter, und teile ihnen jegliche Erkenntnisse über mich und mein Leben mit. Auf das sie es irgendwann lesen können und es ihnen vielleicht hilft, sich auch einmal auf diesen Weg zu trauen und ihn zu gehen. Und wenn ich wirklich daran zugrunde gehen sollte, falls ich irgendwann nahe der absoluten Verzweiflung bin, dann werde ich auch das hier notieren und sie somit davor warnen. Letzteres glaube ich aber eher weniger, denn es hat mir schon sehr viel Ablenkung von all meinen täglichen Problemchen gebracht und somit meine Gedanken auf andere Dinge beflügelt. Und siehe da, mir geht es doch gut.

Was ist es eigentlich, was mich stört? Ich habe doch alles. Habe eine Familie, die mittlerweile auch zum größten Teil die Kraft gefunden hat, um ihren eigenen Weg zu gehen. Ich habe Geld, um mir alles zu kaufen, und sei es auch noch so sinnlos und überflüssig. Und ich bin beliebt. Werde geehrt, angehimmelt und bewundert. Aber gerade dann, wenn einem so viel abverlangt wird, gerade dann wächst in einem doch die Angst zu enttäuschen. All den erwarteten Blicken, die auf einen gerichtet sind, nicht mehr zu genügen und ich sehe schließlich all die enttäuschten Gesichter sich abwenden. Ich stehe dort und sage: „Ich bin auch nur ein Mensch, erwartet nicht zu viel. Erwartet keine Wunder. Ich kann nicht zaubern."

Doch es wird erwartet. Wenn auch keine Wunder, dann zumindest, meine Kraft. All meine Kraft wird erwartet und es wird erwartet, dass ich mit vollem Elan an meine Arbeit gehe, immer eine draufsetze, immer besser werde und schließlich glücklich und zufrieden gehe. Doch ich denke, das ist wirklich unmöglich.

Sie kennen mich alle, sie kennen mich schon so lange. Und manche kannten meinen Vater schon lange bevor ich geboren wurde. Und sie kennen die Philosophie. Sie kennen das Geheimnis der Stärke in uns, und dennoch kennen sie nicht mich. Ich bin nicht mehr der kleine Junge, der ich einst war. Ich bin nicht mehr solch ein Kind, nicht mehr der ausgelassene kleine Junge, der geschützt durch Vaters Arme das Rampenlicht genießt. Ich bin alt genug um zu sagen, was ich will und wie ich mir mein Leben vorstelle. Also bitte ich sie, hören sie mir zu. Hören sie, was ich zu sagen habe und ich werde es ihnen danken.

58

Wissen sie, was ich in mir sehe, wenn ich über all das nachdenke?

Ich sehe nichts, denn mir bleibt nichts übrig. Gehen wir die einzelnen Punkte durch.

Geld! Eine sehr wichtige Sache, Geld regiert leider Gottes die Welt und es gibt für manche Menschen einfach viel zu wenig. Ich dagegen habe alles erlebt. Und mittlerweile kann ich mir genug leisten, mir alles kaufen und erwerben. Doch was bringt mir das, wenn ich mich daran nicht erfreuen kann? Ich kaufe einen Fernseher, habe aber nie Zeit, zum schauen, da ich nie daheim bin. Ich kaufe mir schöne Klamotten und muss mitleidig feststellen, wie verschwitzte und gierige Hände daran rumreißen. Ich kaufe mir eine neue Gitarre und beim nächsten Tourtransport ist sie auch schon wieder kaputt. Ich kaufe mir einen Computer und finde niemanden, der Zeit hat, mit mir zu spielen. Oder ich surfe im Internet und werde schon nach wenigen Tagen mit eMails bombardiert, so dass ich den Bildschirm wütend in die Ecke schmeiße. Ist das der Sinn der Sache?

Nehmen wir ein anderes Beispiel. Der Ruhm!

Ich werde bewundert, beachtet und gefeiert. Ja, das denken sie. Ich sage ihnen, wie es meistens ist. Nicht immer, aber immer öfter. Ich werde nicht gefeiert, ich werde belagert. All der Respekt, den man einem Künstler meiner Meinung nach gegenüber bringen sollte, ist erloschen, einfach verschwunden. Und fragen sie mich nicht, wieso. Ich sehe niemals Menschen vor mir, die mich bewundern und denen ich so dankbar bin. Ich sehe nur noch kranke Menschen, die über mich herfallen, als sei ich ein Stück Kuchen. Sie sagen, sie lieben mich, sie sind nur noch krank. Und ich laufe weg, ich ziehe mich zurück, habe Angst und will niemals wieder dorthinaus müssen. Doch ich muss. Denn ich bin auch ein Mensch, der die Freiheit riechen will. Auch ich will nicht nur den ganzen Tag zuhause sitzen, sondern rausgehen wie alle anderen auch, Spaß haben und mich meinen Freunde etwas unternehmen. Doch es sollte niemals so sein. Niemals sollte meine Freundin das Glück haben, mit ihrem Freund ungestört ins Kino zu gehen und niemals sollte ich die Möglichkeit bekommen, meine Freundin auf der offenen Straße zu umarmen und ihr meine Liebe gestehen. Niemals, oder vielleicht nur bisher nicht? Natürlich könnte ich rausgehen, meinen Gefühlen freien Lauf lassen, doch wäre ich dann nicht nach kürzester zeit ein Nichtsnutz, der all den Menschen, die ihn zu seinem Ziel brachten, nicht dankbar ist, und nur an sich selber denkt? Würde es nicht nach wenigen Tagen durch die Welt gegangen sein und ich dürfte wieder erneut um Anerkennung und Ehre kämpfen?

Also, was denken sie? Was bleibt mir von all den Vorteilen, die sie vielleicht in ihrem Leben vermissen? Nichts bleibt mir, all das Geld und all die Ehre ist genauso wertlos, als wäre sie gar nicht vorhanden. Denn unter Glückseligkeit verstehe ich etwas anderes.

Sprachlos

Oh mein Gott, ich fasse es nicht. Da sitze ich mit Schmerzen auf der Couch, kann kaum atmen, bekomme keine Luft, und alles schnürt mir nur so die Kehle zu. Und niemand da, er es sieht. Niemand, der mich tröstet und in den Arm nimmt. Ich bin doch ein Mann, Männer jammern nicht und Männer weinen nicht.

Und ich sage ihnen, sie tun es doch!

Und vielleicht sind dann gerade ihre Tränen voller Bedeutung, denn wenn man selbst einen Mann zum weinen bringen kann, dann will es schon etwas heißen. Und vor allem mich, wo ich es doch immer schon gewohnt bin, auf der Hut zu sein und mir nichts anmerken zu lassen. Kalt einfach alle Gefühle auszuschalten und an die Folgen zu denken. Sollen sie mich anfassen, mich begehren und ihr eigenes Leben verlieren. Nur lassen sie mich doch daraus. Denn ich bin nicht dieser starke junge Mann, für den sie mich halten. Ich bin fertig, geschwächt von all dem Schmerz, allein, trotz der vielen Menschen um mich, und ich weine. Ist das so schlimm? Darf ich nicht weinen?

Also saß ich da, und weinte. Ich weinte, aber ich wollte nicht reden. Ich wollte schweigen, nachdenken und für mich in meiner sinnlosen Philosophie weiter kommen. Niemals aufgeben, aber erst recht jetzt noch nicht darüber sprechen. Niemanden um Rat fragen, nur mich selber, denn erst muss ich ein Manifest geschaffen haben, bevor ich es meinen Mitmenschen präsentieren und sie nach ihrer Meinung fragen kann.

Und dort bin ich doch noch nicht angelangt, auch wenn ich schon Seitenweise geschrieben habe.

Also schwieg ich, brachte kein Wort heraus und hielt all den fragenden Blicken meines Bruders stand. Natürlich sülzte er mich mit klugen Sprüchen zu, natürlich versuchte er mir Mut zu machen und mir Hoffnung zu geben. Aber ich wollte es nicht. Ich wollte allein sein, denn ich erkannte, das es ihm nicht besser ging. Und wie sollte man anderen Menschen helfen, wenn man selber nicht klar kam? Es würde ihn nur noch mehr zerstören, ihn weiter belasten und er hatte doch wirklich genug Probleme, als dass er sich noch um meine kümmern mussten. Und das wollte ich nicht. Lieber allein dastehen und nachdenken. Vielleicht, wenn ich irgendwann zu einem Entschluss gekommen sein sollte, kann ich ihm auch helfen. Oder vielleicht erkennt er den Sinn des Ganzen viel eher als ich und wird mir dann dabei helfen. Vorher will ich es nicht, niemals, bitte versuchen sie, mich zu verstehen.

Nun ja, und nun sitze ich wieder hier und fühle mich gefangen, gefesselt und geknebelt. Meine Knochen fühlen sich an, als hätte jemand wie wild auf mich eingeprügelt, mein Hals schnürt sich bei jedem vergeblichen Atemzug mehr zu und meine Haut brennt als würde man heißes Wasser hinüber kippen. Mein Kopf surrt und ich denke, vielleicht sollte ich mir einen Schnaps zur Betäubung holen. Alkohol, um den Schmerz zu ertränken, vielleicht sogar Drogen, um den Schmerz unspürbar zu machen. Und schon wäre ich für einige Minuten wieder frei. Sollte ich das tun? Ich bin doch hier, allein, und niemand würde es merken. Niemand würde mitbekommen, was ich in mich hineinkippe und niemand würde auch nur deswegen einen schlechten Gedanken gegen mich verschwenden. Ich bräuchte einfach nur so lange hier bleiben, bis der letzte Rausch verwesen war und dann könnte mir doch niemals jemand etwas vorwerfen. Ich würde es einfach leugnen, so wie alle, die es nehmen und damit sich bewusst eine neue Welt erschaffen. So soll es doch sein, deswegen und wegen nichts anderem war es doch überhaupt auf dieser Erde. Schließlich hatte alles einen Sinn und somit halfen bestimmte berauschende Pflanzen schon seit Jahrtausenden der Betäubung von Schmerzen. Und wenn einem das Herz schmerzt? Hilft es dann auch?

Doch ich lasse es lieber sein, setze mich erneut an meinen Schreibtisch und schreibe an sie. Mein Buch wird langsam immer dicker und immer verwirrter. Und wahrscheinlich habe ich sie gerade sehr erschreckt. Doch auch das ist doch nur normal und menschlich. Niemals kann jemand immer das tun, was sie erwarten, und so denke auch ich oft über Dinge nach, die vielleicht gar nicht so verkehrt wären, aber dennoch niemals aus einer moralischen Vorstellungskraft entspringen könnten.

Denn heilende Hände können unter Umständen auch verbrennen. So ist es immer gewesen, und nur wenn man Dinge mit Respekt und Vorsicht betrachtet, wird man dadurch Erlösung erfahren und Hilfe daraus ziehen können.

Mehr kann ich heute nicht mehr dazu sagen, denn ich will schweigen. Möchte sprachlos dasitzen und meine Gedanken sammeln. Einmal kurz nachdenken, wie ich wissen kann, was sinnvoll und richtig ist, und vor allem, wie ich damit umgehen kann, wenn ich doch einmal wieder etwas falsches getan habe. Ich bitte sie also, gehen sie hinaus und lassen sie mich einmal allein. Völlig allein, denken sie nicht einmal an mich. Denn kein Gedankengang soll seinen Weg zu mir finden, der nicht aus meiner eigenen Erkenntnis stammt.

Haltlos

Soll ich ihnen berichten, was aus meinen Gedankengängen nach dem letzten Eintrag geworden ist? Ich saß sprachlos da, und wollte nur noch denken. Und was habe ich erreicht? Lassen sie mich kurz nach Worten suchen, und es ihnen dann berichten.
Grundlage meines beflügelten Gedankenchaos war mal wieder eine der aussagekräftigen Zeilen eines sehr geistreichen Philosophen, der lange schon tot, aber noch längst nicht vergessen war. Fragen sie mich bitte nicht mehr nach dem Namen, denn ich habe ihn bereits vergessen. Aber die Worte surren mir immer noch im Kopf herum, als hätte ich sie erst eben gelesen. Dort stand nämlich, in diesem schlauen, ledergebundenen Buch, das mir mein Vater geliehen hatte, folgende Zeile:

Der Mensch gleicht einem Seil über dem Abgrund. Je schlauer der Mensch, umso dünner das Seil.

Ist das nicht faszinierend? Habe ich nicht genau das schon einmal gelesen? Blättern sie einmal in meiner Studie zurück, und sie werden es finden. Hatte nicht schon einmal jemand gesagt, die Erkenntnis ist gleich dem Untergang? Und nur wer Weißheit erlangen will, wird erkennen, was Verdammnis heißt? Fragen sie mich nicht nach dem genauen Wortlaut, aber es ist eine Verdammnis, schlau zu sein, Mensch zu sein und über solche Dinge nachzudenken. Und somit hatte doch wieder einer nur bewiesen, dass es eine Schande war, über all das nachzudenken und in Frage zu stellen. Doch ich war doch nicht schlau. Ich war doch besonders dumm, da ich keine Antworten wusste, oder wie sollte ich das alles verstehen? War ich nun ein dünnes oder ein dickes Seil?

Und wie weit war ich noch vom Abgrund entfernt? Oder hing ich schon direkt darüber und war kurz davor, zu reißen und meine Enden in die Schlucht abtauchen zu lassen? So etwas habe ich noch nicht erlebt!

Können sie mir sagen, was das Ziel ist? Wozu hängen wir dort? Warten wir nur darauf, das wir durchreißen? Irgendwann, wenn wir alt und vor allem weise geworden sind. Ein Kind wird als dickes Seil geboren, und je schlauer und älter wir werden, umso mehr Wissen wir uns aneignen, umso dünner wird das Seil. Es sei denn, es schneidet jemand vorher durch. Und das passiert auch leider allzu oft.

Kommen bei mir nicht auch täglich irgendwelche Mädchen und schneiden an mir herum? Wenn sie an meinem Arm reißen, ist dann nicht so, als würden sie das Seil zerreißen wollen? Treiben sie mich nicht wirklich in den Abgrund? Ist das ihr Ziel?

Ich kann es nicht verstehen, wie man einem Menschen nur so ein Unheil freiwillig anrichten kann. Wo ich doch immer nur ihr Seil stärken wollte. Und nun? Nun stehe ich selber am Abgrund und will alle aufklären, will ihnen selber das Seil zerschneiden und sie auf meine Stufe holen.

Und sie verstehen es nicht.

Oh sehen sie doch hin, ich verliere den Halt. Einmal schien es, als würde ich endgültig in den Abgrund rutschen, oder etwas fing mich auf. Meine Musik fing mich auf. Ich sah einen neuen Stern, einen neuen Halt und zog mich langsam wieder hoch. Doch es hat nicht geholfen, es hat sich nichts geändert. Ich stehe immer noch haltlos da und finde keinen Anfang.

Diesen angeblichen Neuanfang, begann ich vor zwei Jahren, als ich mich das erste Mal mit diesem Thema auseinander setzte und meine Aufzeichnungen begann. Doch sehen sie mich an, was ist aus mir geworden? Bin ich wirklich so ein depressiver Mensch, der zu viel nachdenkt und dabei die eigentlichen Schönheiten des Lebens übersieht?

Wie wäre es wirklich, wenn sie jemand anderes fragen würden? Es gibt doch so viele Menschen, die alles über mich wissen, sie kennen mich auswendig, sie haben mich studiert, jahrelang. Und ich kann immer nur staunen, wie wahr manches doch ist. Und trotzdem lache ich darüber, sie kennen mich doch nicht, sie kennen nur ihr Bild von mir. Und ich bin nicht mehr der kleine Junge, der sich ihnen zum definieren gibt. Ich handle so ohne Grund, verdrehe meinen Charakter, nur um sie zu schocken, und um mir selber nicht eingestehen zu müssen, dass ich alles wohl doch nicht so gut vertuschen kann. Wer einmal vor den Fans weint, der kann so oft lachen wie er will. Die Tränen werden nicht vergessen. Zumindest nicht von allen. Natürlich heißt es dann, ich hätte einen schlechten Tag gehabt, ich hatte einige Probleme und man hätte mich lieber in diesem Moment alleine lassen sollen. Aber dennoch trauen sie sich erneut ran, testen aus, wie es mir heute geht und wenn ich lächle, dann trauen sie sich immer weiter ran. Und mich fragen sie nicht. Sie fragen nicht, warum ich lächle, vielleicht ist es gar nicht ihretwegen, vielleicht ist es einfach nur, um mir selber einen starken Halt zu geben, um mich zu sichern, um eine Art Schutz um mein Seil zu legen und es vor ihren Scheren zu schützen.

Und es hilft, es gibt mir Halt und es hilft mir dabei, es besser zu überstehen. So muss ich mich nicht verstellen, ich muss einfach nur lachen. Ein breites Grinsen auf dem Gesicht, egal, wie sehr ich es dadurch verkrampfen muss, und schon sind alle glücklich um ich am Ziel. Es gibt mir Halt.

War es immer so? Stand ich immer so haltlos da und griff panisch nach dem rettenden Ende?

Begleiten sie mich auf eine kleine Zeitreise, lassen sie uns zusammen entdecken, was in meiner Vergangenheit liegt und wie es eventuell dazu gekommen ist. Denn eines habe ich auch schon gelernt, man kann den Grund einer Situation nur erfassen, wenn man seine Ursachen kennt. Alles hat eine Geschichte, und so habe ich sie auch.

Einen kleinen Einblick in vergangenes Geschehen und vielleicht werde ich erkennen, was mir damals den Halt gegeben hat, was ihn mir genommen hat und wie ich ihn zurückgewinnen kann.

Auf geht's.

Schamlos

„Mama, ich habe nichts getan", weinend stand ich vor den Beinen meiner Mutter und sah zu ihr hinauf. Meine Erinnerungen sind schwach, doch sie war wirklich böse mit mir. Und das kam selten vor. Ich hatte meine Cousine derart verärgert, dass sie zu unserer Mutter gelaufen war und mich verpetzt hatte. Meine Mutter, mit meinem kleinen Bruder auf dem Arm, schimpfte nicht mit mir, sie versuchte mir zu erklären, was ich falsch gemacht hatte. Und ich glaube, ich hatte es verstanden. Ich mag damals zwei gewesen sei, vielleicht gerade drei, ich weiß es nicht, jedenfalls hatte ich mir damals geschworen, meiner Cousine nie wieder weh zutun.

Meine Mutter war es wohl auch, die mir beibrachte, dass man einen Menschen niemals bestrafen dürfte. Denn dann wurde sein Verhalten zwar unterdrückt, aber er konnte sich niemals ändern. Man schüchterte ihn damit nur ein, und irgendwann traute man sich gar nicht mehr, überhaupt den Mund aufzumachen.

Man musste alles erklären, den rechten Weg zeigen und dem Menschen eine Chance geben, sich zu ändern. Und das konnte man nur, wenn man darauf gestoßen wurde.

Als meine Mutter dann schließlich viel zu früh von uns gehen musste, da waren wir fast auf uns allein gestellt. Es gab niemanden mehr, der mir etwas beibringen konnte und es dauert eine Weile, bis ich einsah, dass ich von nun an mehr auf meinen Vater zu hören hatte. Und natürlich spielte unser Vater eine besonders große Rolle. Er war es auch, der uns im Endeffekt wieder hinter die Mikrofone brachte. Es war das einzige, was wir konnten, und als wir wieder anfingen zu singen, da war gleich klar, das wir einem Image entsprechen sollten. Zwei Brüder, die singen. Und wenn einer es nicht so sonderlich gut konnte, dann wurde eben geübt. Ganz egal, was darunter leiden musste. Wie oft habe ich mit meinem Bruder tagelang nur gesungen und alles gelernt, was es zu lernen gab. Und wie oft habe ich spielende Kinder gesehen, die durch die Straßen liefen und musste wieder zurück nach Hause um zu üben.

Manchmal, da hatten wir natürlich auch frei. Dann blieb ich mit meinem Bruder zuhause und spielte den ganzen Tag in unserem Haus. Doch es war nichts normal geblieben. Ich hatte mich nie gefragt, ob es gut so war, und ob ich nicht vielleicht doch irgendwie anders aufwuchs, als andere Kinder. Das sah ich erst viel später. Mit 7 Jahren fing ich richtig an, mitzumachen. Von da an gaben wir fast täglich ein Konzert und meinem Vater war bald bewusst, dass gerade das die Leute sehen wollten. Je jünger die Kinder, umso süßer waren sie, und umso mehr Fehler wurden entschuldigt. Umso sensationeller war es dann auch, wenn sie sich schon wie ein Profi verhielten und eine gute Show liefern konnten. Und das konnte ich.

Also war ich schnell der kleine süße Junge, der immer Späße machte und nichts lieber tat, als auf der Bühne zu sehen. Ob es nun gut war, oder nicht. Natürlich hat damals noch mein Vater das eigentliche Konzert bestritten, doch wir, mein jüngerer Bruder und ich, wurden schnell zum „Höhepunkt", zur Attraktion im Menschenzoo.

Kinderarbeit? Schulpflicht? All die normalen Gesetze, die uns daran hätten hindern können? Nein, so was gab es nicht. Wir waren die Stars, eine Ausnahme in jeder Hinsicht, und keine der normalen Regeln galten bei uns. Auch ein Phänomen, das immer wieder faszinierte und uns unbeschwert auf die Arbeit konzentrieren ließ.

Zu diesem Zeitpunkt packte mich der Ehrgeiz. Ich wollte hoch hinaus so wie wir es alle wollten. Mein Vater hatte uns immer wieder Mut gemacht, uns weiter getrieben und gesagt, wir hätten das Zeug dazu. Vielleicht war es wirklich anfangs nur das Image, das faszinierte und uns die Möglichkeit gab, weiter zu treiben. Jedenfalls überläuft mich jetzt halbwegs ein kalter Schauer, wenn ich die alten Lieder höre. Wie einfallslos und wie primitiv sie doch waren. Aber ihre Performance war einmalig, so was hatte es nie zuvor gegeben. Und wir liebten es, trotz all der harten Arbeit.

Plötzlich standen wir an einem Punkt, wo es eine Entscheidung zu treffen gab. Was wollten wir? Wollten wir es wirklich erreichten, und die Welt erobern? Ja, das wollten wir, daran hatten wir gearbeitet. Ich war älter geworden, hatte mich völlig in die Band eingeklinkt und war schon längst der Frontmann. Und nach einer Weile waren wir alle müde, wir dachten, wir würden ständig auf uns selbst gestellt sein, alles selber erarbeiten und die Fans einer immer größer werdenden Gefahr aussetzen. Und dann kam der Durchbruch.

Von dann an mussten wir nichts mehr in die Hand nehmen, wir bekamen immer mehr Leute, die halfen, für uns arbeiteten und uns zur Seite standen. Und es war ein Ziel, das wir lange angestrebt hatten. Oh wie glücklich wir damals waren, wie erfreut, wenn wir einen Fan trafen, der uns um ein Autogramm bat und wie stolz, wenn wir zu all den großen Galen eingeladen wurden. Ich, wo ich doch noch so jung war, stand in allen Zeitungen. Ich war der große King !

Manchmal denke ich, diese Zeit war der Anfang vom Ende. Noch mal ein kleiner Höhenflug, bevor man endgültig den Halt verliert und alles außer Kontrolle gerät. Doch so war es nicht. Ich liebte die Zeit, anfangs war es ein schönes Gefühl und ich wollte nichts anderes mehr machen, als Musik. Doch mit der Zeit, wurde es eng. Zu eng für meine Träume und viel zu eng für meine eigene Entwicklung. Wer so jung vor diese schwere Entscheidung gestellt wird, der hat keine Ahnung, was es für das Leben bedeuten kann. Und wer immer nur das Image eines kleinen Jungen hat, für den ist es schwer, selber erwachsen zu werden.

Ohne Scham und Anstand trieben wir uns gegenseitig nur noch mehr nach oben, und damit immer mehr in die Enge. Und völlig schamlos trieben sich alle mit. Wer hat schuld? Niemand, es ist der Lauf der Zeit. Ich habe nur das getan, was ich wollte, und das ist Musik machen. Natürlich haben wir uns dem Publikum angepasst, das gezeigt, was sie sehen wollten und was ihnen wohl gefallen könnte. Und in mein Verderben habe ich mich allein getrieben, also werde ich mich da auch wieder rausholen, ganz egal wie. Nur eins werde ich niemals tun: Alles aufgeben, was ich die ganzen Jahre getan habe. Lieber sterbe ich mit meiner Musik im Ohr als irgendwann allein und einsam in völliger Stille.

72

Einfallslos

Ich studiere weiter und ich kann ihnen mit Sicherheit sagen, dass es alles nur eine Frage der Einfälle ist, die man hat. Und Phantasie habe ich doch. Doch ist alles, was wir uns ausmalen wirklich nur Phantasie? Kann es niemals so einfach als Ursprung des Ganzen gelten, indem man sich befindet? Niemals eine Tatsache sein, wie man sein eigenes Befinden befriedigen kann ohne auch nur einmal nachdenken zu müssen? Kreativ, ja das bin ich wirklich, doch erst dadurch kommen doch erst alle Fragen auf. Aber ich sage ihnen, es bringt sie kein Stück weiter, wenn sie an ihrem eigenen Glauben zweifeln. Zweifeln sie an allem, nur nicht an sich selber. Denn wie sollte man eine ganze Welt begründen können, wenn man sich selber nicht ernst nehmen kann? Nein, wenn sie in ihrer eigenen Studie noch nicht so weit gekommen sind, dann machen sie hier einen kleinen Abschnitt. Legen sie das Buch zur Seite und denken sie erst mal über meine Worte nach. Denn man soll nichts überstürzen. Und ich weiß mittlerweile, dass ich wirklich existiere. Und selbst wenn ich den Grund nicht kenne, so wird es mit Sicherheit einen geben und ich werde nicht mein ganzes Leben lang damit verschwenden, mich damit zu befassen. Es gibt wirklich wichtigeres.
Was wäre denn, wenn es diese Welt gar nicht geben würde? Dann wären wir doch auch alle nicht da. Gut, es gäbe nichts, was uns wehtun könnte und nichts, was uns das Leben schwer machen würde. Aber es gäbe auch nichts, an dem wir uns erfreuen könnten. Wir würden niemals das Gefühl wahrer Liebe verspüren und all die schönen Geheimnisse der Natur

blieben uns für immer verborgen. Und es ist doch wirklich sinnlos darüber nachzudenken, ob es dann nicht vielleicht besser wäre, denn schließlich existieren wir. Und ich auch. Und wenn man leidet, zeigt es dann nicht nur, wie extrem wir leben? Jede vergossene Träne, und davon habe ich in letzter Zeit viele fließen lassen, beweist doch nur, das wir wirklich verletzbar sind. Und demnach lebe ich sehr bewusst, nehme alles war und nehme mir alles zu Herzen. Und das scheint mir wirklich viel sinnvoller, daran einen Gedanken zu verschwenden.

Und da kann ein noch so einfallsloser Mensch kommen und mich vom Gegenteil überzeugen wollen. Denn ich lebe, und das nicht nur in meiner Phantasie. Und wenn ich lebe, dann kann ich auch noch an all dem, was mich verletzt, etwas ändern. Es liegt nur an mir, denn ich trage mein Schicksal in mir. Auch wenn es aussichtslos erscheint, bleiben mir doch immer noch meine Gedanken. Ich werde sie festhalten, nie wieder los lassen, und vielleicht wird sich wirklich irgendwas davon verwirklichen lassen. Ich weiß noch nicht wie, und ich weiß noch nicht wann, ich weiß noch nicht einmal, ob es wirklich irgendwann so sein wird, wie ich es mir vorstelle, aber solange ich meine Träume noch habe, kann sie mir auch keiner nehmen. Erst wenn ich meine Phantasie vergesse, ist doch schon klar, das es auch niemals eintreten kann. Und wenn, dann werde ich es noch nicht einmal realisieren, denn was vergessen ist, kann auch nicht wahrgenommen werden.

All die Dinge, die mir so lieb sind, werde ich immer in meinem Herzen tragen, und vielleicht wendet sich auch irgendwann das Blatt. Und dann ist mir etwas ganz anderes wichtig. Dann werde ich niemals wieder verstehen können, wieso mich manche Sachen so beschäftigt haben. Und das wird auch nicht schlimm sein. Denn ich werde älter, verändere mich und mit mir auch all die Dinge um mich herum. Es ist nur eine Frage der Zeit.

Ich muss nur aufpassen, dass mir die Energie nicht ausgeht, das meine Einfälle bestehen und ich nicht eines Tages als alter, einfallsloser Mann dasitze und nichts mehr mit mir anzufangen weiß. Denn erst dann wird ein Leben wirklich sinnlos.

Mutlos

Können sie mir nun sagen, was der Ursprung allen Übels war? Fing es nicht erst dort an, wo ich begann, alles in Frage zu stellen und an mir Selbst zu zweifeln? Ich habe die ganze Zeit überlegt, was wohl passieren würde, wenn es anders gekommen wäre. All diese Enge, die ich nur allzu gut spüren kann, wäre niemals eingetreten, jedenfalls nicht in der Hinsicht. Aber vielleicht wäre ich dann auch nicht zufrieden. Gut, ich könnte raus gehen, mich mit Freunden treffen und einen normalen Beruf erlernen, aber vielleicht hätte ich dann gar keinen Beruf und würde unter einer Brücke sitzen. Und dann würde ich mir sagen, ich hätte lieber Musiker werden sollen, dann hätte ich meine Millionen und immer genug zu essen, würde in den schönsten Betten schlafen und alle Frauen würden mich lieben. Und ich bin mir sicher, ich würde denken, dass wäre das große Glück. Das es das nicht ist, weiß ich mittlerweile mehr als genug, aber es ändert nun mal nichts an meiner Situation. Und anstatt dankbar zu sein, mäkle ich alles an und suche nach einem Sinn. Das kann doch nicht richtig sein, oder?

Wenn man einige Fans fragt, die meinen, mich nur allzu gut zu kennen, und alles richtig zu sehen, dann würden sie sagen, an all dem ist nur ein Lied schuld. Und ich sage nein. Denn ein Lied macht mich nicht aus, meine Musik besteht nicht nur aus einem Lied. Und damals, als ich es geschrieben habe, da liebte ich dieses Lied, denn es kam aus meiner Seele. Und alle anderen liebten es auch, vor allem die Fans. Besonders die Fans, die es jetzt hassen und sagen es wäre besser gewesen, wenn ich es niemals geschrieben hätte. Immer mehr Fans kamen hinzu und wollten es hören. Und es machte mich verdammt stolz. Natürlich, dieses Lied hat mich eingeengt, aber ich bereue nichts. Und es gehört noch sehr viel mehr dazu, als nur ein gutes Lied. Ich bin Künstler und kein Zufallstreffer. Ich habe nicht nur das eine Lied geschrieben, ich habe auch tausend andere, die mindestens genauso viele Preise gewonnen haben und die mich nicht weniger stolz machen.

Das Unglück begann erst viel später, oder vielleicht auch schon viel eher, schuld ist niemand, und schon gar nicht ein Lied. Und wenn es doch daran liegen sollte, dann habe ich es mir ganz allein zuschreiben, denn ich habe es geschrieben und gesungen. Und ich denke, da ist nichts schlimmes bei.

Ich dachte, man würde mich bewundern, mich mögen und mich respektieren, doch das schien eine krankhafte Vorstellung zu sein. Eine Utopie, gehalten von ironischer Mäkelei und niemals realisierbar. Und schon stand ich wieder vor dem Nullpunkt, hielt die ganzen Liebesbriefe in meiner Hand, die doch nicht an mich, sondern nur an den Mann in ihren Träumen gerichtet waren.

Angst stieg in mir hoch, ich traute mich nicht mehr hinaus, blieb unverfroren stehen und konnte keinen Schritt weiter. Denn dort warteten sie schon, mit ihren tollwütigen Augen, die nichts ausließen und mich niemals gehen lassen würden. Also versteckte ich mich, schloss mich ein, schloss die Augen und sah sie selbst dort vor mir.

Doch meistens war es nicht wirklich so. Manchmal traf ich sie einzeln, unterhielt mich mit ihnen und lächelte sie an. Und kaum war ich wieder weg, da kamen auch schon andere Bilder hoch, die mittlerweile zu oft passiert waren. Und solche Bilder verschwinden niemals. Wer hundertmal raus geht, und nichts erlebt, der hat keine Angst, wer aber hundert mal rausgeht und bei einem Mal einen solch schrecklichen Schmerz verspürt, den quält die Angst in Zukunft immer. Sei es auch noch so unwahrscheinlich, das es wieder passierte. Diese Leere in mir, diese Angst und dieser unstillbare Durst, quält mich seit eh und je und ich glaube, es wird niemals eine helfende Hand geben, die mich hinauszieht, mir zeigt, das die Welt schön sein kann und meinem mutlosen Dasein einen neuen Anfang schenkt.

Doch so weit wie ich auch schon gekommen sein mag, ich werde weitergehen. Immer nach vorne, und mich weiterhin suchen. Ich suche mich in dieser trostlosen grauen Welt, öffne die Augen und das Herz und sehe mich um. Wo bin ich? Wie sehe ich aus? Und das Aussehen eines Menschen kann man nicht durch Fotos erfassen. Und seien sie noch so nah und scharf. Sie werden niemals darauf erkennen, welch eine Situation stattgefunden hat, vor allem nicht bei mir. Ich bin ein guter Schauspieler, ich habe es jahrelang gelernt und ich weiß, wie ich mich zu verkaufen habe. Lassen sie sich nicht von meiner Arroganz täuschen. Ich werde es auch nicht tun, ich fasse neuen Mut und gehe direkt auf mich zu, sehe mir in die Augen und Frage mich einfach mal direkt.

Grundlos

Hallo Fabio, erkennst du mich wieder?

Nein, tut mir leid, ich habe dich niemals gesehen.

Doch, sie nur hin, ich bin du und du bist ich.

Nein, wir sind von Grund auf verschieden, ich kann niemals du sein.

Nicht? Dann sieh doch mal in den Spiegel, was siehst du?

Ich sehe ein Ebenbild von dir, aber nicht mich.

Du hast nur Angst so zu sein, wie ich, so kalt und grausam.

Wie kommst du darauf, das du grausam bist?

Ich habe dich eingenommen, ich habe dir die Fragen in den Kopf geworfen und du findest durch mich keinen Ausweg mehr.

Bin ich du?

Ja, das bist du, und alles was ich tu, ist deine Schuld. Ich beherrsche dich und niemals wird jemand verstehen, dass du unschuldig bist.

Was hast du vor?

Ich werde dich vernichten. Das heißt, du wirst dich selber vernichten, mit all deinen dummen Fragen. Versuche nicht die Welt zu begründen, denn du bist grundlos, so wie alles hier.

Nein, das glaube ich nicht, ich habe schon viel herausgefunden und den Rest werde ich auch noch erkennen. Ich bin auf einem guten Weg.

Auf dem Weg in deinen Tod, siehst du doch. Aber geh nur weiter. Ich muss dann nicht mehr in dir leiden, du erlöst auch mich durch die Verdammnis, in die ich dich getrieben habe.

Ich werde sie besiegen, ich weiß es.

Hahaha, das glaubst du? Du bist ein naiver kleiner Junge, hast keine Ahnung vom wirklichen Leben und wirst niemals auch nur einen Funken von Anstand in dir haben.

Ich habe bestimmt mehr Anstand als du, du willst mir nur Angst machen, du willst, dass ich aufgebe.

Du bist ich.

Nein, niemals, ich habe so lange nachgedacht und studiert, und ich werde dich besiegen.

Niemals wirst du dich selber besiegen können, ich werde immer ein Teil von dir sein und du wirst immer etwas tun, was du nicht

80

verstehst. Denn mein Handeln kannst du niemals erfassen.

Du meinst, du bist der Böse Teil in mir, den ich niemals begründen kann?

Genau, denn ich bin grundlos, aber niemals zerstörbar.

Warst du es, der all die schlimmen Taten begangen hat, die ich so bereue?

Sicher, ich bin dein negatives Dasein, dass, was dich zerstört und was dich nieder macht. Und meinetwegen wirst du noch verzweifeln und sterben.

Aber du kannst mich nicht vernichten, denn das würde auch dich töten. Du bist ein Teil von mir, und nur durch mich kannst du leben und dein Unheil anrichten.

Oh wie schlau du doch bist. Was meinst du, wieso ich mich dir stelle. Nicht jeder hat die Möglichkeit, in sich zu schauen und seinem anderen Ich zu begegnen, doch jeder trägt es in sich.

Aber ich bin stärker, ich werde dich nicht vernichten können, aber ich werde dich unterdrücken.

Fabio, du bist kein Heiliger. Sieh es ein, du wirst niemals nur Gut handeln können, solange ich in dir weiterlebe.

Ich wusste gleich, dass niemand nur gut oder böse sein kann. Doch wie kann ich mir selber noch vertrauen, wenn ich weiß das du jederzeit mein Handeln beeinflussen kannst?

Vertraue niemanden, nicht einmal dir selbst. Denn nichts ist unberechenbarer als etwas, was tief in dir weilt.

Lass mich allein, bitte, such dir einen anderen. Ich brauche dich nicht, du bringst mich um, du zerstörst das perfekte Bild in den Köpfen anderer Leute.

Sie werden dich verstehen, denn auch sie sind nur ein Opfer seiner selbst. Deswegen tun sie oft Dinge, die sie nachher bereuen. Sie zerstören Menschen, die sie lieben. Sie zerstören dich, obwohl sie es nicht wollen.

Sind Menschen so? Sind sie wirklich so zweigespalten und fernab von jeder eigentlichen Identität?

Ja, frag nur weiter. Du wirst es nie erfahren. Du wirst morgen aufstehen und dich fragen, ob du dir das hier nur eingebildet hast.

Warum sagst du mir das?

Damit du endlich mit deiner dummen Philosophie aufhörst.

Du sagtest doch, du hättest mich dazu getrieben.

Ja, denn sie schwächt dich und lässt mir freien Raum. Durch deine endlose Fragerei und deine schlechte Laune, hast du mir unbemerkt Platz geschaffen. Jetzt bist du am Ende und ich muss es stoppen, bevor du ganz zugrunde gehst. Denn dann wäre auch meine Macht vorbei.

Du wirst mich nicht zerstören, und ich werde es schaffen, dich soweit zu unterdrücken, dass ich auch ohne dich leben kann.

Hahaha, ist das dein Ernst? Wenn ich es nicht geschafft habe, wirst du es auch nicht. Du stellst nur Fragen, aber ich kenne alle Geheimnisse, ich bin viel mächtiger, ob du es willst oder nicht.

Jetzt, wo ich dein Geheimnis kenne, werde ich dich auch besiegen können.

Selbstsicher trat ich vor dem Spiegel hervor. Niemand könnte mich jetzt noch aufhalten, den Kampf gegen meinen größten Feind, mich selbst, zu bestreiten.

Klanglos

Diesen Dialog habe ich gestern eigens erfahren müssen. Nein, ich habe nicht geschlafen und ich denke, ich habe es mir auch nicht eingebildet. Es war, als wäre es ein kleiner Einblick, in mein Inneres und ich musste sie unbedingt daran Teil haben lassen. Und nun schreibe ich ihnen meine Definitionen über das Ganze, denn langsam denke ich, ist es an der Zeit zu einem Entschluss zu kommen. Und sei es auch noch so schwer.

Ich denke, es war eine ungemeine Erfahrung, die mich sehr geprägt hat. Und man lernt sich doch am besten kennen, wenn man sich selber begegnet und sich selbst die Fragen stellt. Und das habe ich getan. Ich habe mir geantwortet und nun erkenne ich, dass alles zusammen gehört. Ich kann meine schlechten Seiten niemals verdrängen, ich kann sie vielleicht nur genug kontrollieren. Und ich muss aufpassen, dass sie nicht mich in der Hand haben und ich nach ihrem Willen handle.

Es ist doch mein eigener innerer Schweinehund, der mich immer wieder zu Boden reißt und mich verzweifeln lässt. Es sind doch nicht die Anderen. Und die kann ich schließlich auch nicht ändern. Ich werde bei mir anfangen, mich nicht anders geben, sondern meine ganze Einstellung zu meiner Situation ändern. Und vielleicht ist dann alles nur noch halb so wild.

Natürlich werde ich nicht alle Fragen beantworten können, ich werde niemals wissen, was mein eigener Lebenssinn ist und was uns nach diesem Leben noch alles erwarten wird, doch ich werde nicht zulassen, dass mir der Lebensmut so einfach genommen wird. Und dafür werde ich kämpfen, meine Farben zurück gewinnen und erneut die Welt mit meinen Kinderaugen betrachten. Und in meinem Krieg gegen mich selber bitte ich sie, unterstützen sie mich. Kommen sie mir in dieser Zeit nicht mit Fragen, auf die ich keine Antwort weiß. Und versuchen sie bitte nicht, all die schlechten Erinnerungen aus mir heraus zu holen und mich mit ihnen zu beschäftigen. Ich bin kein schlechter Mensch, und alles, was schlecht in mir handelt, werde ich bekämpfen. Ich glaube, wenn ich das geschafft habe, bin ich ein Engel. Denn niemand kann nur gut sein, es sei denn, man ist ein Engel.

Oje, jetzt schweife ich langsam ab, bin ich nicht ein Realist, der alles nur all zu genau nimmt? Bin ich normalerweise nicht so ein Träumer, der seine Gedanken treiben lässt?

Ich versuche mich zu sammeln, lasse einmal alles um mich herum weg und betrachte nur mich. Nur mich allein, ohne meine Familie, ohne meine Fans und ohne meine Musik. Nur ich!

Und was sehe ich? Ich bin wirklich ein kleiner naiver Junge, vom Leben keine Ahnung und nur meine Regeln zählen. Ich kann mich selber nicht beherrschen, traue mir nicht über den Weg, bin unberechenbar, und gerade das macht mich so kreativ. Es ist ein Weg der unbestimmt ist, ein klangloser Ton, der immer weiter surrt und so sehr ich mich auch wehre, es scheint mich völlig einzunehmen. Heißt es, ich muss Angst vor mir haben? Bringt es mich dazu, Dinge zutun, die ich bereue? Aber dennoch hilft es mir auch, kreativ zu werden, meine Künste auf Paper zu bringen und auch all das hier nieder zu schreiben.

Es scheint wirklich ohne Grund zu sein, doch ich kann es nicht ändern. Und vielleicht ist das auch gut so, denn man kann schließlich der Welt nicht den Reiz des Unergründlichen nehmen.

Also ist es wirklich nur eine Prüfung, in der wir uns bewehren sollten? Nun ja, es scheint so, und vielleicht habe ich jetzt alle Prüfungen bestanden, kann mich den Rest meines Lebens auf die faule Haut legen und muss nicht weiter darüber nachdenken. Vielleicht habe ich jetzt gewonnen. Vielleicht werde ich aber auch niemals gewinnen und irgendwann einsehen müssen, dass es sinnlos ist, gegen sich selber anzutreten. Es wird niemals einen Sieger geben, kein Ich und kein Du. Und niemals werde ich sagen können, ich habe mir selber standgehalten. Aber das ist ja auch nicht nötig, denn Andere müssen mit mir klarkommen, nicht ich. Ich bin nur ein Mitspieler, ich versuche mich doch nur anzupassen, ihnen zu geben, was sie wollen und sie vielleicht auch dankbar ansehen können.

Mehr will ich doch gar nicht.

Aber es gibt nichts, wofür ich andere dankbar sein könnte. Alles habe ich nur mir zuzuschreiben und ich werde niemals zulassen, dass es kaputt gemacht wird. Klanglos ja, aber niemals schweigend !

Denken sie bitte nicht, ich wäre jetzt völlig verrückt, denn dafür habe ich mich jetzt nicht die ganze Zeit abgemüht um ihnen das klarzumachen. Ich habe ihnen die Chance gegeben, mich auf meinem Weg zu begleiten, und bitte hüten sie sich, mich jetzt auszulachen.

Denn ich bin doch auch nur ein Mensch, und wenn sie mich nicht verstehen wollen, dann lassen sie es eben bleiben. Aber denken sie daran, irgendwann schlage ich zurück, denn der böse Teil in mir stirbt nie.

Wolkenlos

Mein Leben scheint vorbei zu sein? Oh nein, ich fange doch erst gerade an. Ich bin noch so jung, und ich habe noch so viel vor mir. Und ich denke, ich muss das Beste daraus machen. Solange ich mich wirklich kenne, kann es mir egal sein, was andere von mir denken. Angst macht es nur, wenn man an der Wahrheit zweifelt und feststellen muss, dass andere vielleicht doch nicht so unrecht haben. Und dagegen kann man sich niemals wehren.

Welch eine demütigende Erkenntnis. Und was ist aus mir geworden? Habe ich jetzt eine Entschuldigung für all meine schlechten Taten? Oder kann ich jetzt allen anderen Menschen, die mir so sehr wehgetan haben, verzeihen, da sie ja eigentlich nicht schuld sind, so wie ich es auch nie war? Nein, das werde ich niemals können, aber ich denke, um etwas ändern zu können, muss man Schritte wagen. Schritte nach vorne, Schritte, die etwas bewegen. Ich werde erst einmal anfangen mich selber zu analysieren. Wie bin ich, und wie möchte ich gerne sein. Und dahin wird von nun an hingearbeitet. Immer einen Schritt weiter. Ja nichts überstürzen, und irgendwann kommt es von alleine. Und dann bin ich am Ziel. Welches Ziel es auch sein mag, solange ich mich daran halten kann, ist nichts sinnlos. Und selbst wenn es kein Ziel gibt, so will ich das Sinnlose genießen und mich daran erfreuen. Wer weiß, wie viele Leben uns danach noch bleiben...

Ich sehe aus dem Fenster, sehe einen blauen Himmel, ganz ohne Wolken. Ohne Grenzen, die einen aufhalten. Und ich fühle mich frei. Ich blicke in den Spiegel, und sehe blaue Augen, ganz ohne Nebel, und ich weiß, ich bin immer so frei, wie ich es möchte. Denn nur die innere Ruhe kann einem die wahre Freiheit erschaffen! Mein Blick bleibt der Welt nur dann versperrt, wenn ich mich ihnen versperre und entziehe. Denn nicht alles was geschieht, geht von anderen aus, ich bin auch ein Mensch, ich kann auch Einfluss nehmen, und ich schwöre ihnen, irgendwann wird auch ihnen alles einmal leid tun!

Losgelöst

Bitte entschuldigen sie mich, ich will mich nur noch einmal schnell verabschieden. Ich werde dieses Buch jetzt endgültig zuklappen und mich mit anderen Dingen beschäftigen. Mit Dingen, die mir wichtig sind. Vielleicht gehe ich etwas im Park spazieren, vielleicht sehen wir uns ja am Tor, und wenn ich Lust habe, schaue ich mal vorbei. Wenn nicht, dann warten sie dort, und sie werden schon sehen, was sie davon haben. Vielleicht sehen wir uns auch auf dem nächsten Konzert. Und vielleicht, wenn ich Lust darauf habe, bin ich sogar mit dabei. Aber versprechen kann ich es noch nicht. Es kann gut sein, dass mir etwas wichtigeres dazwischen kommt.

Aber vorerst muss ich noch jemanden anrufen. Sie wartet schon sehnsüchtig, und ein Wort von ihr ist mehr wert als hundert Worte von ihnen. Denken sie, was sie wollen, spielen sie ihr Spiel weiter, ab ich entscheide, wann ich aus dem Spiel aussteige. Seien sie wer immer sie sein wollen, aber erwarten sie nicht, dass ich auch so bin, wie sie es sich vorstellen. Und wenn sie wissen wollen, wie ich bin, dann fragen sie doch die kleine Nina und die kleine Gritt... denn sie kennen mich. Und so wird es wohl bleiben.

Darf ich einmal lachen? Darf ich von Herzen lachen? Sie auslachen und mir selber beweisen, dass sie mich doch nicht kennen werden?

Gute Frage....

Also, ich klappe das Buch jetzt zu, entgültig. Und wenn sie es gelesen haben sollten, dann lachen auch sie. Denn es sind doch nur die naiven Einträge eines nichtsnutzigen kleinen Jungen. Oder nicht?

Ein dummes Gekritzel, nicht wert, darüber nachzudenken und niemals so weitgehend, das es wirklich helfen kann. Dann lachen sie einfach. Lachen sie aber nicht über mich, lachen sie nur über sich selber. Denn sie scheinen nichts verstanden zu haben.

Ich bin frei, freier als sie es jemals sein werden, und ich darf lachen. Ich lache über mich, da ich jemals so unsinnige Fragen stellen konnte und jemals so unsinnig gehandelt habe. Und ich habe diesmal wirklich Recht. Ein Schicksal der Ironie, vergessen sie meine Worte nicht. Es wird sie prägen, immer begleiten. Und ich bin stolz darauf. Ein paar sinnlose Worte, genauso sinnlos, wie die Kinder vor meiner Tür. Sehen sie mich an, ich bin ein Idiot. Und sie finden so was toll?

Ich lache sie aus, was immer sie auch denken mögen, und es ist mir egal was sie denken und von mir halten. Denn ich weiß, wer ich bin. Und das ist mehr, als viele andere wissen

ENDE